トゥレット症候群を生きる

——止めどなき衝動——

著
ロウェル・ハンドラー
訳
髙木道人

星　和　書　店

Seiwa Shoten Publishers

2-5 Kamitakaido 1-Chome
Suginamiku Tokyo 168-0074, Japan

Twitch and Shout

by

Lowell Handler

translated from English

Michito Takagi

序

私は、数年前、親友のオリバー・サックス博士を通じて、ロウェル・ハンドラー氏と知り合いになりました。そして、ここに彼のユニークで感動的な作品の序を書かせていただくことを光栄に思います。私は、彼がトゥレット症候群であることは知っていましたが、彼との付き合いの中で、彼を捕らえて放さない苦痛やそれに打ち勝つための心の葛藤を微塵も窺い知ることができませんでした。この作品は彼との交流の日々を呼び覚ましてくれるのと同時に、親しく付き合っていながら、近くにいる仲間の悩みにいかに無頓着でいたのかを思い知らされ、少なからず心が痛みました。

私は神経心理学および認知神経科学を専門にしています。この三十年間、患者の臨床および神経の心におよぼす影響に関する研究が日々の仕事でした。しかし、当事者である彼の目を通してみた病気の人々の心の内面を知ることは、私にとって衝撃的な経験でした。

一般の社会では、伝統的に、神経学的障害を欠損あるいは損失として扱ってきました。このような例を専門用語の中にみてみますと、失語症―言葉の喪失、記憶障害―記憶の喪失です。しかし、もし正常という言葉が平均と定義されるならば、才能とは正常からの逸脱と定義されます。すぐれた記憶力や雄弁さ（私たちはそれほど多く遭遇するわけではありませんが）、これらは病気というよりもむしろ才能とみなすことができます。才能と精神病との関係は臨床家にとっても当事者にとってもおおいに興味をそそる問題です。エドガー・アラン・ポーは天才と狂気との関係について熱っぽく語っています。

神経学的および神経精神学的病気はいわゆる『陰性』および『陽性』症状によって特徴づけられます。陰性症状は、自分自身を言葉で表現する能力のように、人が生まれながらに持っている才能の欠損に関するものです。陽性症状は、幻覚のように、通常はみられない感覚の出現に関するものです。陰性症状は、自然に理解でき、明確に定量化されたり、研究することが容易です。陽性症状は、しばしば捉えどころがなく、神秘的でさえあります。そして、単に神経学的な欠損と過剰との差といったものではなく、両者はたがいに絡み合っていて分けることができないのです。天才と精神病との関係は、画家のゴッホ、ダンサーのニジンスキー、詩人のランボーの生活から明らかです。人類の文明を創りあげた理想家たちの中で、アレキサンダー大王、ジュリアス・シーザーそしてたぶんアケナトン（最初に一神教を創設したエジプトの大王）はてんかんを持っていました。詩人バイロンやテニソンおよび音楽家シューマン（彼は双極性障害者だった）の生涯において、創作意欲は、極度の失望や心的喪失と混在していたのです。もし才能がしばしば代価、犠牲を必要とするものならば、ある種の神経学的および精神的病気も逆になんらかの代償をもたらすものです。このような状態は、特異で不可解な謎めいたものであり、魅力の源泉とさえなりうるのです。

トゥレット症候群はそのようなものの一つであり、興味深いのは、トゥレット症候群は陽性症状だけで、陰性症状がほとんどないということです。一八八五年、ジル・ド・ラ・トゥレット博士により最初に記述されたとき、この病気は、さまざまな抑制できない顔面・体幹チック、音声チック、汚言症および周囲にたいする反復的衝動的行動によって特徴づけられるとされていました。これらの症状は、時間の経過とともにさまざまな組み合わせで変化するのです。症状は、非常に軽微で目立たないものから、極端で目にあまるものまであり、ときどき非社会的なものとさえなりえます。

数年前、私はフィラデルフィアの三〇番街駅で電車を待つ人たちの列を汚言を反復しながら行ったり来たりしている男性が捕らえられそうになるところを救ったことがあります。まさにその人はトゥレット症候群の患者でした。私は、彼を捕らえようとしている警官をとりなしました。またある時、マンハッタンのアッパー・ウェスト・サイドをオリバー・サックス博士（トゥレット症候群に関心のある神経科医兼作家）、そしてオリバーの友人のトゥレット症候群の若者と散歩していました。その若者の衝動的な行動は際立ったものであり、たしかに人目をひくものでした。彼は、樹木、鉄格子、ゴミ箱など通りにあるすべてのものが気になりました。そして、それらを衝動的に、また五感のすべてを総動員して、探索するのでした。見て、聞いて、触りました。彼は物に顔を近づけては臭いを嗅ぎ、舌で舐めては味わいました。近くのレストランに行ったとき、彼はすぐに中年の女性店主に親しげに触りましたが、彼女は友人だったので見逃してくれました。こういうことをしながら完璧に知的な会話——実際、かなり知的で生き生きとしたやりとりが同時進行していたのです。

トゥレット症候群の正確な神経病理はまだ完全にはわかっていません。しかし、それは別の不思議な病気、強迫性障害とかなり緊密な関係があると推測されています。注意欠陥・多動性障害や学習障害を併発することもあります。トゥレット症候群は小児期に発症し、成人になると軽快すると考えられています。しかし、一生続くこともあります。この病気の基礎には遺伝的な問題がありそうですが、その発症にはしばしば環境的要因が引き金になっていると思われる例もあります。この病気は男性に多いのも特徴です。その症状の多彩さゆえに、トゥレット症候群というより、トゥレット症候群圏と呼ばれるようになりつつあります。またこの病気は、脳の主な生物化学系の一つであるドーパミンという神経伝達物質および運動やより複雑な行動の調節に関係している基底核とよばれる部分の障害だと考えられています。この病気の患者の中には、通常、基底核をコントロールしている前頭前野の働きが幾分不充分な人がいると考えている学者もいます。前頭前野は、ヒトとしての特徴を最も表出する脳の一部分であり、意志、目標設定、計画性および重要な判断に関係しています。この病気を知れば知るほど、さまざまな亜型があることに気がつきます。それは基底核と前頭葉との関係の差に基づくものと考えられます。

人目をひく行動に加え、この病気は、奇妙な認知様式をとることがあります。長年の経験から、私は、特殊な精神の変動性、俊敏性そして思考過程の衝動性を知りました。それは気の効いた言葉や比喩を用いた、予想もできない切り返しをする一種のユーモアのセンスをもたらすのです。この心のすばやい変化は、空手や球技のようなスポーツにみられる動きの素早さと相俟っています。この病気の認知状況を喩えで説明しようとするとき頭に浮かぶのは、バリ民族の踊りです。

この病気の長所と短所について記載しているこの本は、当事者自身によって書かれた最初のものです。これはその著しい奇妙さにより、他人とは隔絶された状態におかれた男性の人間探求の書でもあります。この病気をもって生きるということがどのようなことかを説明するために、彼はある人のせりふを引用しています。「トゥレット症候群を経験した人には、説明の必要はありません。経験したことのない人には、いかなる説明も役立ちません」しかし、それでも説明しようという彼の努力は、非常に有効であり、この本は、充分に説得力があります。これはまた読者の胸を熱くし、勇気を与え、尊敬と理解をもたらすものだと思います。虚心坦懐の中に、興味ある人間性と無私の心がうかがえます。

これはこの不思議な病気によって他人から疎外された摩訶不思議な若者の物語です。彼はばかにされたり疎まれたりしますが、そのなかでも自分の病気の原因を見出そうとします。私たちは、病気の診断からはじまる彼の人生の旅のさまざまな時点で、彼の自己回帰の道を一緒にたどっていきます。彼の結婚や両親、兄弟との関係を通して、しかたがないという気持ちとそこから逃れたいという気持ちの混在をみることができます。家族の危機の真っただ中では、病人と健常者というものの立場は逆転し、もはや病人としていたわってもらえず、彼の運動チックと音声チックとは耐えがたいものとなり、彼を支持してくれていた家族の中でも歓迎されないものになってしまいます。私たちはまた、彼の自己療法の効果、症状の安定化、さらに仕事を通して陥った苦境からの脱却能力をも、垣間見ることができます。とりわけ、憐れみ深い心を持ちながら、人間性に関する鋭い洞察力をもつ観察者の姿を、そこにみることができます。彼自身ユニークですが、彼は他人のユニークさや奇妙さにも強い関心を持っています。普通の人以上に、彼は奇妙な人間性や人並みはずれたものにひかれ、また、それは彼に対する容認と尊敬に繋がっています。彼は美化もしていないし、媚を売ってもいません。彼のユーモアのセンスは自然なものであって、意識されたものでもありません。彼の生活そのものが人々の胸を打ち、ユーモアのあるものとなっています。

彼の物語は、私がかつて読んだものとは違っています。他のものが系統的なものだったり、百科事典的なものだったとしたら、彼のそれはあたかも万華鏡のようなものです。それは話題、印象、洞察のコラージュであり、捕らえどころのない内的リズムにしたがって、次から次へと移り変わるのです。そこには当然の結果として、辻褄の合わないところがあり、それが魅力的でもあり詩的でもあるのです。彼の物語のこのリズムは、写真家としての延長線上にあるものでしょうか、それとも彼の精進の賜物なのでしょうか。あるいはトゥレット症候群のリズムの反映なのでしょうか。

次第に、彼は自分の病気と折り合いをつけ、そんな自分自身およびトゥレット症候群との共存を見出します。良きにつけ、悪しきにつけ、それは彼の一部です。彼の友人でトゥレット症候群をもつ、有名なフルート奏者であり、作曲家であるペイジ・ビッカリィは、この病気を治す『魔法の薬』があったら飲むかどうかについての問いかけに次のように答えています。「その薬はいったい何を止めるんですか？」「人格の一部だってなくなってしまうんじゃないですか？」ロウェルも同様の結論に達したように思えます。

彼はトゥレット症候群の多彩な才能をもった人です。彼の報道写真家としての仕事は、国際的評価をもたらし、今や彼自身プロとして一人立ちしようとしています。彼は、トゥレット症候群であるにもかかわらず才能を発揮しているのでしょうか。トゥレット症候群と共存しているのでしょうか。それとも彼の才能は、トゥレット症候群の表出の一部分なのでしょうか。これらの疑問に正確に答えることはできません。しかし、彼の心の中では、回答はできているにちがいありません。

神経学的障害は未来の潮流だと、以前彼の父は息子を慰めるために言いました。たしかに、その予想は当たっていました。心の病気を体のそれから完全に分離していた二元論は失われつつあります。人の心は脳の機能であり、脳は体の一部です。脳は最後の未開の領域だといわれてきました。

神経障害は最近まで、アルツハイマー病、自閉症、学習障害や注意欠陥・多動性障害のように、困惑や恥の源とみられたり、逆に無視されてきましたが、今や科学的研究の大きな目標であり、社会の最も注目を集めている分野です。認知能力を改善させる薬やより有効な認知リハビリテーションが科学者によって考案されてきました。彼のメッセージが一般の人々によって耳を傾けられ、包み隠すことなく誇りを持って語られ、尊敬をもって受け入れられつつあります。トゥレット症候群と共生し、人生を完璧に成功裡に楽しむことができます。自分も他人をも尊敬することができます。そして、ささやかな恩恵さえ手に入れることができるのです。

ニューヨーク大学医学部神経学部門臨床教授
エルコーノン・ゴールドバーグ

はじめに

この本は、私たちトゥレット症候群の人間に明るい未来が開けることを希望して書かれています。第一章に書かれた時代から二十年が経ち、私たちを取り巻く生活すべてが大幅に変わりました。将来への希望と懐かしさとを感じながら、私は今人生のほぼ半ばに立ち、自らの人生に多くの変化をもたらし、人生のさまざまな面を経験させてくれた自分自身の旅を振りかえっています。

一九八〇年代から九〇年代の半ばにかけて、私は写真家として働きました。一九九〇年、私はニューヨーク市の一大学であるニュースクール・フォー・ソーシャル・リサーチで教鞭をとり始めました。この頃、私はライフ誌の記事のために北カナダにある、沢山のトゥレット症候群の家族が住む村の撮影や調査をしながら、オリバー・サックス博士との旅や自分自身のトゥレット症候群の経験を書き始めました。私の初期の作品は、健康や医療を主題とする雑誌である『In Health』の九一年の一一月号に掲載されました。その後、私の自叙伝の構想が現実のものとなり始めました。

しかし実際問題として、目の前にある仕事をこなすのは辛いものでした。私にはトゥレット症候群とともに、それにしばしば併発する失読症や注意欠陥・多動性障害があり、それが小学生の頃から私の学習を困難にし、ストレスの多いものにしていました。初めて全部読み終えた本はヘルマン・ヘッセの小説『Steppenwolf』であり、それは高校を卒業後、一年経ってからのことでした。

私は本のない世界に孤独を感じませんでした。本の中では、あたかも幻覚を見ているように文字が逆転したりページから浮き出たりしていました。ベルローズにあった自宅の寝室で、子どもの頃、母が私の問題行動を紛らすために、私と毎週繰り返し黙々とゲームをやっていたことを思い出します。彼女は、もし私が壊した物の後片付けを手伝うのなら、思いっきり部屋を壊してもいいんだよと言ってくれました。現在私は、この暴力が自分をうまく表現できない結果として生ずる過剰なエネルギーの放出だということがわかっています。高校時代には、壁を叩いたり、物を破壊するという行動が頻繁に出現しました。自分の病気がわからないということが、このような暴力の形で爆発したのでした。

写真を撮ることが救いとなりました。九〇年代の前半、私は大学に戻り、ニュースクールで情報科学を学び、修士過程を修了しました。そこで、写真学と現在生活の糧としている映画制作に興味をもちました。ここで学んだ社会に対する見方は、九五年の記録映画『トゥイッチ・アンド・シャウト（運動チックと音声チック）』をはじめ私のすべての生き方に影響をあたえました。写真記者として、私は映像を通して人々に呼びかけてきました。そして、自伝である本書に関していえば、こ

の中での経験は、事が起こった時間どおりに書かれているわけではありません。むしろトゥレット症候群というプリズムをとおして、記述順位を決めています。この本を、私ができうるかぎりの言葉で表現した、写真集としてみていただきたいのです。

本書は約二年かけて書かれましたが、世に出るまでに何十年もの歳月がかかりました。近年トゥレット症候群について書かれたものはあっても、当事者による長期にわたる記録はありません。これが私に自らの経験を書くことを決意させた理由の一つです。

さらに、自分の考えを告白し、説明し、発表することにより、多くの仲間の声を代弁しようと思いました。この本の中には、トゥレット症候群の人もそうでない人も登場しています（名前――

ファーストネーム――だけで登場している人たちは、仮名を使っています)。彼らの意見、考え方を通して私自身の考えをたしかめることができました。

この本の最初の部分は、まだ私がトゥレット症候群だと診断されず、病気を模索し、共生しようとしている時期とその病気の私の家族、すなわち、妹のリリアン、弟のエバン、両親のマリーとイーネッドへの影響の時期です。私が通っていた公立高校ではトゥレット症候群は知られていませんでした。いろいろな面で、私はこのことに感謝しています。なぜなら、そのことが私に――それがそうせざるをえなかった結果ではあっても――普通の、基本的な教育を経験させてくれたからです。これは私の両親のおかげです。彼らは妹や弟と同様に私を、いたわりとしつけと愛とで包んでくれました。

今日、自分の生活を振りかえり、トゥレット症候群を考えるとき、それはあたかも不可思議な波打ったパターンの綴れ織りのようであり、連続性がなかったり、全く関係がないようにも見えます。しかし、同時に不可思議な秩序、症状の乱舞をも認めます。トゥレット症候群は、エネルギー、運動、音、発見、タッチ、臭い、味覚、フィーリング、視覚のリズムです。私を刺激するリズムです。そのリズムは私の人生および同じ病気をもっているすべての人々の人生を通じて続くのです。それは私の細胞の電気的、化学的リズムであり人として生きている証です。しかし、トゥレット症候群は予想できないものをもっています。別の言葉で言えば、トゥレット症候群は人生の一部であり、必ずしも良いことずくめではありませんが、人生の重要な変化に大きな役割を果たしているということを知ったのです。

ニューヨーク市にて

もくじ

第一章　旅立

1

僕はベビーベッドに寝かされて、赤ん坊とは思えないような泣き声で泣いたり、のどを鳴らしたりしていた。それは、叫ぶような、独り言を言うような、しゃっくりのような騒音だった。自分の頭や手足がひとりでにピクピク動いていたのを覚えている。周囲のあらゆる動きが僕の神経系に変動を与えた。影がわずかに動いただけでもそれに気づき、心は動揺し、どうしていいかわからなかった。自分の体の動きを制御できなかった。特に、手足は無理だった。人が遊びに来るたびに、たじろぎ、パチパチとまばたきをし、恐怖を感じながら他人の目から逃れていた。両親は、この落ち着きのなさはなんだろう、気むずかしい赤ん坊の特徴なのだろうかとその度に不安に思った。でも大きくなれば治るだろう、と結論づけた。

2

小学五年生の時、僕は教室の椅子に座り、奇妙な声を出すまいと必死にこらえていた。その声は、成長と共に、叫ぶような、あるいはホーホーというフクロウの鳴くような声へと変わっていった。僕の頭は、すごいスピードでおじぎをしたりまるでいやいやでもするように、ひとりでに前後左右に素早く不規則に揺れ動いた。級友は、僕の声や動きを真似て、からかった。黒板の文字を写すのが難しかった。いつも教科書の文字を左右逆に書き写したり、ノートに文字を上下反対に書いていた。すばやい不規則な動きのため、静かに座っているのがむずかしく、書かれた字が振えてみえ、文字を読むのは苦手だった。担任は、僕の『学習障害』は、勉強に身が入れば治るだろうと考えていた。

高校一年生の時、僕はジャンプをしたり、ジャンプして自分の太ももの後を踵でキックしたい気持ちを抑えながら、人であふれる校内の廊下を歩いていた。この抑えがたい衝動は数カ月間僕を悩ませ、ついにその『アクロバット』を大勢の学生の面前でやってしまった。またそのころ、物に繰り返し触ったり、同じ言葉を反復して唱えるというように、ある行為を心ゆくまでやらなくては気がすまなくなっていた。僕の行動は他人には目障りなものとなり、級友は僕をいじめた。僕には、なぜこのような行動がおこるのか、その理由を説明できなかった。新しい環境に少し神経質になっているのだろうと思った。学校に慣れれば落ち着くだろう。早く慣れようと思った。

今までも、悩みはいつもあった。でもそれが今、徐々に増えている。僕は二十一歳。素早く不規則な動きは、以前ほど多くはない。今はむしろ話すことの方が問題だ。言葉がのどに貼りついて、口から出てこない。言葉によっては、個々の音を強調するかのように、まるで叫ぶように話さなければならない。ときどき、あたかも物でも持って振ってでもいるかのような動きがでてしまう。精神上、たしかに自分のどこかに悪いところがあるのだろう、といつも考えている。こんな悩みのすべてが、やがては消えてしまうと想像するのは、見当違いなのだろうか。

僕はニューヨーク市の芸術大学の第二学年を終了後退学した。僕のピクピクする動き、頭振り、ぎこちない話し方のために精神的に身動きできない状態だった。世界中から集って来ている気さくな学生や教師たちは、何事にも驚かないかのように見え、僕の行動にも寛大だった。そして、僕がこのような環境にいられるのは幸運だった——でも、一般社会で僕の行動がどのように受け入れられるのか（あるいは拒否されるのか）を知る必要があった。

学校をやめた後、ある大企業の視聴覚業務の助手として、あのいまいましい仕事のために、アッパー・ウェストチェスターからニューヨーク市へ六カ月間通勤した。そこでの仕事の大半は、映写会のスライドを準備することだった。内容は、すべて番号でコード化されていた。一枚でも間違えると、すべてが台無しになってしまうのだった。僕は、何度かまちがえた。しばしば、順番をまちがえたり、スライドをプロジェクターに上下・左右反対に入れた。上司のドリスは、僕を雇ったとき、僕がいろいろな動きや音を出すことに加え、脳と目や耳とのあいだの化学信号の伝達異常によりおこる神経の障害である失読症（ディスレキシア）があることを知らなかった。視力や聴力は正常だった。でも、目や耳とその情報を処理する脳の領域とのあいだの情報伝達機構に欠陥があった。僕は十代後半まで、流暢に読むことができなかった。そして、今でも、目から入る標識が認識できなかったり、反対やさかさまに解釈した。たびたび間違えたので、指導者のスティーブは、僕をドリスの事務所に連れて行った。

「いったいどうしたの、座ってお話しましょう」と彼女は言った。ドリスは、三十年前からライフ誌の専属写真家として働いていたトム・ジェイの妻だった。僕は以前、クロトンの彼の自宅の仕事場で、助手として働きながら学んでいた。彼は僕を現在の仕事に推薦してくれた。そして今、彼の妻は、僕を解雇しようとしていた。たぶんそれは当然の結果であり、僕は彼女を非難できなかった。にもかかわらず、僕は無性に腹が立っていた。あたかも僕がその場にいないかのように、ドリスとスティーブは、僕の仕事振りを評価した。それから、僕の方を見て、何らかの学習障害があるかどうかたずねた。僕は失読症があるのを認めざるをえなかった。それは、彼女が僕を解雇するのに十分な理由だった。「その障害のことは知ってるわ。あなたはうちの娘にも障害があるのを知ってるでしょう」と彼女は言った。僕は、トムの家の暗室で働いていた頃、ときどき彼らの娘に会った。

彼女には何か不思議なところがあった。普通とはちょっと違っていた。それが何なのかはわからなかった。でもその当時、僕は彼女が自分と共通する何かを持っているのではないかと思っていた。

僕はニューヨーク市での仕事を辞め、職場をあとにしたとき、がんばろうと自分に言い聞かせた。もっとすばらしいことをしよう。そうだ、ニューヨークを離れ、全国を車で回り、見るものすべてを写真に撮ろう。この目で見て、写真を撮ること――それがまさに今、僕がしたいことのすべてだ。

春の訪れを感じ始めた頃、僕の頭の中にあったのは、旅立のことだけだった。ハドソン・リバー・バレーは、ニューヨーク市の北に位置し、美しいところだ。でも、ここには、夏までいないだろうと思った。僕は何から逃れようとしているのだろうか。自分の奇妙な言葉や反復行為を抹殺する方法を知りたかった。両親も、自分たちが何をしたらいいのか、何が悪いのかわからなかった。父は頑強で、いつも厳格だった。でも、常に協力的だった。母は優しく、理解があった。二人とも、僕の悪化する症状に当惑していた。僕が子どもの頃、医者は「大きくなれば治りますよ」と言った。両親と僕は、数年間、心理療法士、精神科医、眼科医、検眼士のところに通った。そして、これらのすべての努力、費用、期待は、『家族関係の貧困さ』の指摘と挫折感で終った。

一九七八年四月一日、一抹の悲しみと強い孤独を感じつつ、旅立の準備ができていた。僕は両親を愛していた。旅に出てみると、妹のリリアンや弟のエバン、家族のことをなつかしく思い出すこ

天真爛漫な頃の僕たち三人．左から
弟のエバン，妹のリリアン，そして，診断がつく前の僕

とだろう。リリアンは、いつも愛らしく活発な性格だった。エバンは末っ子で、十六歳になったばかりだった。当時、五歳年上の僕や僕の友だちを真似て、髪を長くし、『The Band』という音楽グループの曲をよく聴いていた。彼は演奏に興味をもっていた。そして僕が家を離れた後には、僕の集めたロックのレコードを大切に保存してくれるに違いなかった。僕たち兄弟は本当に仲が良かった。

父は数年前に買った六三年型サーブ(車)を譲ってくれた。僕はそれに、衣類、カメラ一式、寝袋、一人用テントなど、自分の持ち物のすべてを積み込んだ。父は、後年僕に、「思春期のいろいろな問題が落ち着いて、おまえが一人で旅立つのを見るのは本当にうれしかったよ」と言った。父の「拙者が昼飯の弁当を作って進ぜよう」という冗談を聞きながらも、僕たち二人には、僕がこよなく愛した家を離れてしばらく戻ってこないつもりだということがわかっていた。僕は別れの挨拶をしながら、胸がいっぱいになった。近所の人が餞別として、二〇ドル紙幣を手に、挨拶に来てくれた。僕はお礼を言い、車で出発した。

　行き先は決まっていなかった。南へ進路を取ったとき、僕の頭の中には、あらゆることが去来していた。僕はどこに行くのだろうか、どんな人と出会うのだろうか。お金を使い果たしたらどうしたらいいのだろうか。最大の関心事は、自分が社会に受け入れてもらえるかどうかということだった。今でも話をするときに、時々つかえるし、頭も前後に振っている。足はピクピク動いていた。そして、ときどき、床を力一杯踏み鳴らしていた。常にイライラしていた。この衝動的で抑えがたい行動は体質によるものだろうか、それとも、少しエネルギッシュというだけのことなのだろうか。僕の『落ち着きのなさ』に対し、僕をあまり知らない人たちから、いつもいろいろなことを言われた。「寒いんですか」と三〇度以上もある真昼間に聞かれたこともある。以前、老婦人が交差点で僕をじっと見て、「まあ、そんなにダンスがしたいの」と言った。このピクピクする動きやイライラした感じは、僕だけに特有な何かの障害のために生ずるのだろうか。それとも、単にエネルギッシュな若者にみられる共通の現象なのだろうか。

　僕はその夜、ノース・カロライナ州に隣接したバージニア州のとある場所で車を止めた。いつものように、緊張を解くために、自分の気持ちに合った場所を選ばなければならなかった。キャンプをしている他の人たちに近すぎても、遠すぎてもいけなかった。岩が少なくて、しかも平らなところでなければならなかった。最初見つけた場所は、他人に近すぎた。次の場所は広かったが、汚なくて草も少なかった。そして、ついに、完璧な場所を見つけた。その夜は、そこに落ち着くことにした。

翌朝、バージニア州のファンシー・ギャップを通り、高速道路七七号線を横切った。ノース・カロライナのアシビルに着くと、ここが、トーマス・ウルフが少年時代を過ごした場所であることを示す看板があった。僕は、高校時代に知った彼の作品『Look Homeward Angel』を思い出し、一瞬ホームシックになった。その町は、過疎化が進んでいるように見えた。簡素なモーテルの一部屋を一〇ドルで借りて、少ない荷物を中に入れた。その後、バーを求めて車を走らせた。学生で混んでいるところを見つけた。

中に入り、その頃僕のお気に入りの飲み方だった、スコッチのオンザロックを注文した。アルコールは、僕の奇妙な動きを抑えた。

「お体の具合でも悪いんですか?」とバーテンダーは聞いた。

「なんだって?!」と答えながら、またいつもの厄介な質問が始まったなと思った。

「当店ではビールとワインしかご用意できないんです。強いお酒はお出しできないことになっているんです」これが、この州の法律だった。ビールを片手に、人込みをかき分けながら、バーの入口とは反対側に居場所を求めて進んだ。自分の奇妙な動き、特に足で床を踏み鳴らす動きを必死に抑えようとした。周りにいるのは、自分とほぼ同年代——二十代の前半の若者だった。学校をやめて国内を放浪しているということ以外、彼らと僕とのあいだには外見上何の差もなかった。彼らのもっている思想や価値観が僕のそれと何か決定的に違っているのだろうか。僕は、外見上、何も変わらないことを再確認した。

　そこにいる客たちはみな幸せそうだった。僕も家庭的な雰囲気を感じ始めた。騒々しいバーは、僕にとって最もいい逃げ場だった。誰も僕が出す音に気づかなかったし、奇妙な動きに気づいた者もほとんどいなかった。けれどここでさえ、僕にとって完全に安全な場所ではなかった。特に人目をひくのは、話している時、頭を前後左右に素早く不規則に動かすことだった。でも、僕を最も苦しめたのは、叫び声のように、あるいはのどから搾り出すように、いろいろに変化する話し方だった。僕は他人に近づき、穏やかにしかも優雅に「ロウェルと申します。ニューヨークの出身です」と言ってみたかった。

　そのバーで、ビールを数杯飲んだ。でも、ここでみんなに溶け込もうとは思わなかった。モーテルへ戻り、テレビを見て、眠った。人との接触を避ければ、恥ずかしい思いをしたり、人から排除される機会が少なくなるだろうと思った。一人で、自分の部屋にいることが、最も安全だった。

アッシュビルに隣接するいくつかの町をすぎて、四四一号線に入った。そこで、ジョージア州のアーシンズへと進路をとった。アーシンズを過ぎ、マコンに至る小さな道を走り、フロリダのタンパに続く高速道路へ入った。フロリダには、高校時代からの友人がいた。友と話すことが励みになるだろうと思った。夜までにどうしてもフロリダに着きたかった。タンパに向かう高速道路の渋滞の中へと車を進めるにつれ、僕は、ここがニューヨークを出てから初めて訪れた大都市であることに気づいた。

ビル・モースやジョイ・エングランダーに会うのは、一年ぶりだった。その当時、僕の症状は悪くなっていた。でも、悩まないことにした。どうせ友だち同士なんだからと考えることにした。「やあ、ロウェル」とジョイが言い、僕たちは互いに抱擁した。ジョイはそこにビルともう一人のルームメイトの三人で住んでいた。ビルは、自分の住居を見つけるまで、そこに一緒に住んでいた。僕たちは夜遅くまで話した。僕はジョイの弟のスタントンのところに泊めてもらうことにした。スタンは暢気で親切な若者だった。スタンと僕は二人とも写真に興味をもっていた。スタンのルームメイトのボブは、パジャマ姿であらわれて「この人まともなの？」と言った。彼は僕のどもるような話しぶりや素早く不規則な運きが信じられないようだった。ボブは僕が彼をかついでいると思っていた。ある程度までは、みんな僕の動きや音を無視してくれた。なぜなら、それは僕にだけではなく他人にとっても厄介な代物だったからである。スタンは僕をすぐに受け入れてくれた。でも、ボブは、僕の奇妙な動きに困惑し、不快感さえおぼえていた。

土曜日の朝、スタンは、三人で町から数分のところにあるキューバ人街のイボー市に行こうと言いだした。僕たちはカメラ、フィルム、フラッシュを持ち、車でそこに向かった。彼が連れていったクラブは巨大な酒場であり、かつ舞台だった。そこには、煙草の煙が充満した部屋や玉突き台がたくさんあり、ニューハーフが奇怪な出し物をやっていた。彼は写真撮影の手配はすべて自分がしようと言った。僕は、彼がなにかを一生懸命説得しようとしているのを見ていた。僕たちはマネージャーと話し、マネージャーは女装をした自称『女の子』に僕たちの話をした。ビールを飲んだ後、彼らは僕たちが楽屋に入り、写真を撮ることに同意した。『女の子』たちは注目されるのが好きだった。楽屋で、女装のニューハーフにしてはかなり魅力的な『女の子』のランディに会った。スタンは、ライトに囲まれた鏡の中の自分の姿に見入っている彼女に話しかけた。「やあ、きれいだ！」と彼女に声をかけながら、写真を撮り始めた。写真を撮りながら、彼女の美しさや性的な魅力を誉めそやすと、彼女はますますそれに反応した。カメラに向かって、投げキッスをした。肩から一方のストラップをはずし、両手で髪をかきあげた。僕は、なんと大胆なと思った。スタンは僕たちに、ドアの外から写真を撮りつづけるように言った。

楽屋の外には薄暗いランタンに照らされた廊下があった。彼女はレンガの壁に背をもたせかけて、体を上下に揺すった。もう一方のストラップも肩からはずした。さらにセクシーに見えた。彼女の首と胸の大部分が露出された。それから、ゆっくりと衣装をずりあげはじめた。この間、スタンは「完璧だ！　美しい！」と声をかけつづけた。彼女はさらに衣装をゆっくりとずりあげた。下着は着けていなかった。そこには男根はなく、陰毛の黒い影があるだけだった。今や、彼女は、薄汚い廊下で悶えていた。一方、スタンは彼女の上にのしかかるようにして、写真を撮っていた。僕は写真を撮るのさえ忘れていた。彼の仕事振りはすばらしい眺めだった。僕には、割り込んだり、競おうという気は、さらさら湧かなかった。

　この瞬間僕は、隠された、あるいは秘められたものにカメラを向けることに、得も言われぬ魅力を見出した。旅をとおして、社会の暗に光を当てたり、ほとんど表舞台に出ない社会の落ちこぼれたちを写真に撮りたいと思っていた。心の中で、たぶん、無意識ではあっても、人々の目を日ごろ見過ごされているものに向けさせたいと思っていたのだろう。もし人々が僕の奇妙さのゆえに、僕から目をそむけようとするなら、僕は、たとえそれが美しかろうが、醜かろうが、写真という媒介を通して自分の生活のすべてを、人々に見てもらいたかった。もし人々がただ黙って見つめ、僕を受け入れてくれないのなら、僕は、そういう人々をカメラのレンズを通して見返してやりたかった。黙って見つめる人々を見返し、僕のやり方で批判したかった。観察する者は同時に観察されるのだ。

僕は数日間タンパに留まった。しばらく、住居を定め、この放浪の旅をやめるべきだと感じていた。僕は選択に迷った。このままこの旅を続けて、ニューオーリンズへ行くべきか、それとも、フロリダの西海岸を母港とするエビ漁船で働くべきか。漁船がタンパの南、二、三時間のところにあるフォート・マイヤース・ビーチに寄港するのを知った。僕は、車を走らせて、漁船に追いつこうとした。

海岸線に沿ったドライブは単調だった。僕はエバンをはじめとする家族のことを考えていた。いつ彼らと再会できるのだろうか。一年後にはどうなっているのだろうか。体調は変わっているだろうか。治るのだろうか。それとも悪くなるのだろうか。道路に沿って、椰子の並木があった。それは車線を分けるように道路の中央分離帯にあった。気温は二五度を超えていた。良い天気だった。僕は、砂混じりの泥の上に作られたドックのある海岸と、そこに数艘のエビ漁船を見つけた。車を止め、漁師の姿を探した。そして、そこに一人の漁師をみつけて近寄った。

「こんにちは」と挨拶し、エビ漁船で働きたいことを話した。

「二週間漁に行き、二、三日陸に戻って来てはまた海に行くという生活だ。本当にやる気があるかい」と彼はたずねた。

「ええ」と僕は答えた。そして「雇ってくれますか」と訊いた。

「もちろんさ。俺も最近歳を感じてるんだ。特に、一晩中網と格闘しなけりゃならんときにはなぁ」と彼は言った。僕は、しばらく、彼と話した。正直、何をすればいいのかわからなかった。漁から金を得ることはできそうだった。でも、それは、耐えがたい重労働のように思えた。同時に、自分の奇妙な動きとともに、小さな船の中に何週間も閉じこもってしまうのが恐ろしかった。僕のためにいざこざが起こりはしないだろうか。気の荒い漁師たちは、漁がうまくいかないとき、チックやどもるような話し方をするニューヨーカーにどう対処するのだろうか。

今や音だけではなかった。体全体が発作的に捩れるような動きをした。頭の動きは特にひどかった。このような常に起こる奇妙な動きが、僕を当惑させ、日常生活を妨げた。僕は自分の生活を一からやり直せたらなぁと思った。それができたら、時限爆弾が爆発するのを待っているときのような緊張をしないですむのだ。一人旅を通して、僕はある種の心の平和、ある程度の満足感を得ようと思っていた。僕にできるのは前進することだった。第一歩を踏み出すことだった。明日、ニューオーリンズに行こう、フレンチ・クオーターへ、そこで住む場所を探そう。

第二章　回らぬ舌

僕には、そこが一目でわかった。ニューオーリンズのフレンチ・クオーター、そこは、人目を引く建物が建ち並び、美しさと退廃的な感じとが不思議に混在する、単に町をではなく、自分を探求するための場所だった。そこは、ビッグ・イージーとも呼ばれているのだが、僕はたちまち、気分が落ち着いた。古く狭い通りをぶらつきながら、クレオール・ソース、ガンボスープ、ビール、スイカズラの香に浸っていた。遠くから聞こえる管楽器、パーティー、街角の喧騒が織り成すリズムを聞いていた。そこは、どんよりと蒸し暑く、臭気と騒音が、うっとうしく僕を包みこんでいた。

僕はフレンチ・クオーターのような場所を今まで見たことがなかった。鉄の扉、バルコニー、庭園があるスペインやフランス風の建物が建ち並んでいた。それは数百年前に建てられたものだった。パステル・カラーの家並みに明るく塗られたドアは、ニューヨークで見られるグレーやベージュのそれとは対照的だった。歴史的、幻想的な建物のすべては、ほぼ一六の区域に集中していた。これらの建物は、現代の旅行者、ニューハーフ、それに通りに群がり、キャンペーンの路上スタンドで酒を買い、酔っている黒人や白人の観光客の姿とみごとにマッチしていた。僕はジャクソン・スクエアへ向かう角を曲がった。そこで、鮮やかな色彩の、道化師が着るようなジャンプスーツに身を包み、火を口に投げこんでいる曲芸師を見つけた。群集は掛け声と口笛で誉めそやし、彼が足元に広げた布にコインを投げた。曲芸師の後ろには、大きなリュックサックがあった。彼は僕と同様放浪者だった。でも、彼にはすばらしい大道芸があった。

僕は、ここに留まり、写真を撮りたかった。さまざまに移り変わる光景をモノクロで表現したかった。心の目の中に映るものが、どうしてカメラのレンズを通して表現できないことがあるだろうか。そう考えてすぐさま、ニューオーリンズに留まることに決めた。そんな急な決心をさせたのは、カメラが僕に撮影することを要求しているように感じたからだ。

そこで目に映るすべては、僕の興奮をかきたてるに充分なものだった。けれど、僕には、眠る場所もなく、手元には、数百ドルしか残っていなかった。日も暮れた頃、『旅の宿』という看板を見つけた。中に入ると、バルコニーで他の宿泊客と雑魚寝で一泊三ドルだと教えてくれた。しかも朝七時半までにそこを退去しなければならなかった。その建物は昼間は別の目的に使われていたのだ。僕は車から寝袋と小物を運び込んだ。それから、そこでの奇妙な夜が始まった。

バーボン・ストリートのある夜の光景．
あふれんばかりの広告や看板に囲まれて小さくみえる男

「おい！　どこから来たんだ」両足のない男が声をかけてきた。「調子はどうだい、俺はニックっていうんだ」

　ニックは、長く明るい栗毛色の髪をしていて、友好的だった。筋肉質のうでを持つ彼の体は腰で終わり、移動用のスケートボードに乗っていた。彼の両手には、スケートボードで移動しているために、黒い泥がこびりついていた。

　「やあ！　ロウェルっていうんだ」と僕は抑揚の激しい、叫ぶような調子で言った。ニックは「今晩、彼はここに泊まるんだ」とボブという名の男に話しかけた。ボブは背が高かった。少なくともニックより高かった。ボブは、硬く、ウェーブのかかった黒髪をしていた。彼は酒に酔っていた。そして、酔っ払い特有のはっきりしない口調で、矢継ぎ早に、話した。彼らは、一人の女と一緒に、街からひろってきた黒く大きなごみ袋の中味を食べていた。自分たちがごみを食べているのを気にするふうもなく、ニックは、トマトソースがいっぱい付いた指を舐めながら、自分はむかしコックだったと言った。

「リンダっていうの。ときどきここに泊まりにくるのよ」と、その女は握手を求めて言った。ボブは、わけのわからないことを、とりとめもなく話しつづけた。そして、僕が口を開くたびに、迷惑がっている様子だった。「俺はここに居ついてるんだ。部屋を見せようか、ロウェル」とニックは言った。宿の部屋は一週間ごとのレンタルだった。けれど、バルコニーは、一晩ごとだった。その部屋は、窓もトイレもないただの四角い箱だった。衣類や持ち物が散乱していた。その部屋で、彼はマリファナに火をつけ、リンダ、ボブそして僕へと回し始めた。マリファナが僕のところに来たとき、僕はそれを長く深く吸い込んだ。そして、陶酔感が深まるにつれ、すくなくとも緊張から解放されるのを感じた。そのあいだ、ボブはニックに僕の不平を言っていた。

「こいつの話し方を聞いたろう。気にさわるってわけじゃないんだ。だが……」リンダは黙っていた。「もし、本当に気にしていないのなら、何も言うなよ。どもってたっていいじゃないか」とニックは言った。そのとたん、僕はたちまちニックと心が通じ、友だちになった。その時には気づかなかったが、その後、僕は、自分が別の障害をもつ人たちとすぐに心を通わせられるのに気がついた。

たぶん、いろいろな心や体の傷は、民族、人種、性、年齢あるいは職業と同じように、人が固い絆を築く要素になるのだろう。ここは、明らかに世間からつまはじきにされた者の宿だった。そして、僕は、彼らにすら嫌がられ、まさにつまはじき中のつまはじきという『称号』をもらったわけだ。

寝場所を探す人々の、路上からの移動は始まっていた。僕はバルコニーに安息の場を確保したかった。『宿泊』は先着順だった。寝袋とカメラは洗面道具や衣類といっしょに丸めていた。僕は、寝袋を広げ、盗まれないようにカメラを寝袋にいれて寝ることにした。みんなの眠る準備ができた頃、僕は、ボブが自分の傍に来ているのを知った。彼は泥酔し、ときどき大声をあげた。僕の右隣には、爪楊枝のようにやせた男が、シーツとおぼしきものを着て寝ていた。彼は、大豆が沢山はいった大きな巾着袋を抱えていた。僕は豆を食べながら歌う、彼の支離滅裂な歌声を聞きながら眠りについた。真夜中に、ボブはすくっと身を起こし、天をつんざくような金切り声をあげた。僕は豆を食べている男の方を振り向いた。彼は歌いつづけていた。夜明けが間もなく訪れるだろう、と思うとちょっとほっとした。ここから早く出よう。

僕は働かなければならなかった。フレンチ・クオーターを歩いているとき、ロイヤル通りのトリオスというレストランの前にウェイター募集の広告があった。「まじめに、一生懸命働きますから雇ってくれませんか」と店主のトニー・マリノに言った。彼からは、長い間なんの連絡もなかった。

そしてある日突然、「今日、いつもの皿洗いの若いのが休んだんだ。もしよかったら、今晩手伝いに来てくれないか。そして、明日から、ウェイターのトレーニングをしないか」という連絡がきた。

僕は、たった一晩だって、皿洗いはしたくなかった。でも「いいですよ」と答えた。

真夜中まで、夕食に使った食器や調理器具の山を洗いつづけた。そして疲れきった挙句、この時刻では泊まる場所がなかった。僕は、通りをまっすぐ突っ切って、アンドリュー・ジャクソン・ホテルに行った。そこで、宿泊代二〇ドルを払って泊まった。それは、その日皿洗いで稼いだ全財産だった。

トニーのレストランには、ほかに二人の従業員がいた。ダリル・エバンスは、黒人の生粋のニューオーリンズっ子で、おとなしそうに見えるが、実はとてつもなく悪戯好きの若者だった。彼はコックで、そのときレストランの納屋に住まわせてもらっていた。ベルグマン・メンドーザは、背の高い、典型的なラテン系の好青年で、ニカラグアからクレセント・シティに来ていた。彼は、主任ウェイターとして働き、祖母を助けるために、家に仕送りをしていた。

トリオスで働いているうちに、トニー、ダリル、ベルグマンと良い友だちになった。フレンチ・クオーターと並ぶ古くからの都市であり、ニューオーリンズの最古のものが残っている町であるフォーブルア・マリニーのエリシアン・フィールズ地区の南側に、僕はアパートを借りた。

ウェイターとして働いている間にも、僕の奇妙な動きは出た。話し方は、余分な言葉や音が過剰にあるいは強調されて口をついて出るという形で悪化していた。僕は徐々にそれを意識しはじめた。音の極端な強弱の変化はどもりとはちょっとちがっていた。単に同じ音を繰り返すのではなく、口から出る言葉のうちのある音だけが（僕のチックの動きように）異常に大きくなったり突っかかったりし、その他の音は普通だった。その結果、言葉は極端に流暢さを欠き、それが他人を驚かせた。馴染みの客は、しばしば、僕のそのような症状を話題にした。でも、大方の常連客は分かってくれていた。ある日の午後、一組の老夫婦が、トリオスで昼食をとった。僕が彼らの給仕を終えたとき、その老紳士は「私たちにも、あなたと同世代のどもりの娘がいるんです。あなたは偉大な仕事をしていると思いますよ」と言った。僕には、言われたことの意味がわからなかった。でも、お礼の言葉を述べた。

ダリルとベルグマンは互いに冗談を言い合っては楽しんでいた。すぐに僕も仲間になった。ダリルは、仕事が調理場なので、切ったものやスープ、ソースがとび、しみだらけの格好をしていた。一方ベルグマンは、染みひとつない服装と身だしなみのよい、最高に輝いたウェイターだった。ダリルは、ときどきニューオーリンズ弁で辛辣なことをベルグマンにまくし立て、彼を怒らせた。でも仕事がら、ダリルは手には大きな包丁を持っているし、投げるべく多くの食べ物も持っていた。ベルグマンは物を投げつけながら、ダリルを追い回した。ダリルは防戦しながら、いつも笑いこけていた。このドタバタ劇は、毎日、飽きもせず繰り返されていた。こんなことをしていても、面白いことに、僕たちは皆、ほぼ一年間トリオスを離れなかった。そして仕事の後、よく一緒に飲みに行ったり、玉突きに行った。

フレンチ・クオーターは、僕の多種多様のチック（突然出現する不規則で反復する動きや音）も含め、なんでもありの場所だった。僕はこの利点を生かそうと思った。昼も夜も、通りや酒場には、僕の動きや音をかき消す多くの雑音と人が溢れていた。

数カ月が過ぎた。その頃、僕はロイヤル通りとセイント・ピーター通りの交差点から少し離れたフレンチ・クオーターの中心に住んでいた。ときどき僕は、外で何が起ころうともそれを受け入れる覚悟で、意を決して外出した。それは、僕にとって一大決心だった。風の吹くまま気の向くままに歩き、いろいろな人たちに会った――ミュージシャン、タップダンサー、ウェイトレス――彼らと貴重な時をすごした。そんなある日、A&Pスーパーマーケットで、僕はほぼ同世代の魅力的な女性に挨拶された。

「パトリック、元気？」と彼女は言った。僕は彼女のことが気に入った。僕たちは買い物をしながら、しばらく話した。僕はこの新しい知人のローリをアパートに誘った。そこで、僕たちは狂おしく抱き合った。悪いことをしているとは思わなかったし、ごく自然だった。それは午後まで続いた。僕が自分はパトリックではないことを彼女に告げたとき、彼女に驚いた様子はほとんど見えなかった。この経験をとおして、僕は自分の症状とそれが性にあたえる影響を前向きにとらえることができた。実際、僕の奇妙な症状の影響はなかった。

探求心のおもむくままに、今まで通ったことがなかった街や小道を探しては歩いた。フレンチ・クオーターの南にあるフレンチマン・ストリートは、広場全体を占める公園の右側にあった。そこに、いつもその周りで子どもたちが遊んでいる小奇麗なビルがあるのに気づいた。

「この建物は何ですか?」と、その建物から出てきた婦人に聞いた。

「グリーンハウスというの。すばらしいところよ」彼女は答えた。僕は中へ入り、説明を聞いた。グリーンハウスは、家出した子どもたちが短期間生活するための施設だと教えてくれた。そこには愛とエネルギーが満ちているように見えた。そこのカウンセラーは、ボランティア・サービスの主任であるマーチン・アダモに会うことをすすめた。彼は入所希望者の資格を審査する責任者だった。彼は僕を公園へ散歩に誘った。

「ここでは、週に一回ボランティアをしてくれる人を探してるんです」と彼は言った。

「僕は大学生活を二年間経験しました。それから、一九七六年にクロトンの僕の家の近くで行なわれた、情緒障害児のサマーキャンプを手伝いました。子どもが好きですし、うまくやっていけると思います」と彼に言った。もちろん、僕の話し方は、いつものように途切れがちだった。しかも、あたかも頷いているかのように、頭を前後に振り続けていた。「そういう人たちが増えてきてるんです」とマーチンは言った。それから彼は、僕の頭の動きを見て「どうしたんですか?」と聞いた。

グリーンハウスでのボランティア活動.
僕はそこの子どもたちとすぐに仲良しになった

「緊張しているからだと思います」と僕はそのとき思いついた返事をした。彼は新人ボランティアのための説明会について話してくれた。その後すぐ、僕はグリーンハウスに通い始め、それを一年間毎週続けた。

グリーンハウスには、僕を感心させる人たちがたくさんいた。みんな、すばらしい理念のもとに建てられた場所で働けることを喜んでいた。ソーシャルワーカーのナンシーは、長い黒髪で、背が高く、かわいらしく、利発で、すばらしい人だった。また、型にはまらず、自分の個性を持ちつづけていた。彼女はバルチモアで育ち、昼間は臨床看護婦として、慈善病院で働いていた。みんな彼女を看護婦（師）のナンシーさんと呼んでいた。夜はグリーンハウスで働き、専門看護婦になるための勉強をしていた。

彼女は、人間について学ぶことに、興味をもち、かつ関わっていた。ある日の午後、僕たちは、ドリームパレスと呼ばれる六〇年代風のナイトクラブの隣にあるバルコニーで昼食をとっていた。彼女は自分の将来を真剣に考えていた。バルチモアに帰るつもりだと言った。僕の計画を聞かれたので、ニューヨークに戻って、大学を卒業しようと考えていると答えた。「話し方や動きがだんだん……ぎこちなくなってるんだ。いったいどこが悪いのか知りたいんだ」と彼女に打ち明けた。すると彼女は「精神的におかしいんじゃなくて、たぶんトゥレット症候群だと思うわ」と言った。

「それって何？」と僕は聞いた。今まで聞いたこともなかったし、説明を受けたこともない言葉だった。

「トゥレット症候群は神経の病気よ。患者団体かそれに類するものがあるかどうか調べるといいわ」と彼女は言った。

僕には、その時、彼女が言ったことが何を意味するのかわからなかった。でも、突然ひらめくものがあって、今までのさまざまなチックが意味をなしてきた。

アパートに戻った。そして、南部で最も有名な病院の一つであるオクスナー・クリニックに電話し、神経内科に繋いでもらった。受付の人は、トゥレット症候群という言葉を聞いたことがなかった。電話帳で「トゥレット」という名も探したが、見つからなかった。僕は失望すると同時に安堵した。自分の病気の実体を知ることを延期できた。そして、ふたたびトゥレット症候群という言葉を聞いたのは、それから二年後だった。その言葉は僕の人生を永遠に変えることになるのだった。

僕は、この病気に関して何の情報も得られなかったので、まず話し方を改善することにした。ニューオーリンズの郊外の言語療法士を紹介してもらった。金銭的に余裕はなかった。でも、治療費はそれほど高くなかったので、予約した。若い療法士のメアリーに自分の言語障害について、正直に説明した。すると彼女は、治療することを約束してくれた。毎週、長く流暢に話せる訓練をした。その結果、僕の話し方は改善した。

彼女は僕が効率よく上達できるようにいつも考えてくれた。毎週、彼女のオフィスがあるメテリーに車で行って訓練を受け、帰宅後自分でゆっくりと文章を読むことを繰り返した。彼女は僕のどこが悪いのか知らなかったが、治療を続けてくれた。

でも、話し方が正常になるにつれ、非常に不思議なことが起こった。一つの症状を抑えようとすると――たとえば、言葉の問題のような――別の症状が出現した。前の症状は、新しい症状に置き換わった。それは理由や前兆もなく出現するのだった。僕は、これがトゥレット症候群の特徴だとは知らなかったし、残念なことに、多くの医者もそれを知らなかった。

ニューオーリンズでの最も衝撃的な経験は、人であふれたバーボンストリートのバーでの出来事だった。僕は一軒のバーに入り、席についた。すると背広に身を包み、ごく普通に見える男性が、突然崩れるように体全体を前方に投げ出すような仕草をしているのが目に入った。彼はバーの僕の向かい側にいた。彼は左うでが前方に振り出されるのを止めようと自分の右うでで左うでをつかんだ。ホステスは彼のことを囁き合っていた。僕は彼が自分と同じ病気を持っていると思った。なんてひどいんだろう。彼の方が僕より重症だ。ホステスが彼をじっと見ているのを横目でみながら、僕は考えた。僕の調子が悪いとき、他人は僕をこんなふうに見ているのだろうか。

ニューオーリンズのカーニバルの雰囲気には、僕と同じような問題を持っている者にさえ、なんでもできると思わせるなにかがあった。明けっぱなしのドアを通して、歯のない男が花売りをしたり、少年がタップダンスをして一〇セント硬貨を稼いだり、通りの向こうでは、ドアマンがポルノパレスに客を「みんないい子だよ、飛びっきりいい子だよ」と呼びこんでいるのが見えた。酒に酔った群集が増えるにつれ、ジャズを演奏している楽器の音が、バーの中にもこだました。夜の色彩と熱気は酒とともに膨らみ始めた。僕はあの男性をふたたび見た。彼は、まだ自分のうでを回したり、押したり、引っ張ったりしていた。彼をからかって突つく者もいた。けれど、騒音と雑踏の中で、誰もそのことに気づかなかった。僕は、なぜ人は他人の不幸をからかうのだろうと思った。彼に手をさしのべたかった。その心とは裏腹に、僕はバーの片隅で、酒を飲み続けた。

第三章
診断

午前二時、弟のエバンと僕は、バーを数軒はしごした後、終夜営業の小さな食堂にいた。「ロウェル、医者に診てもらわなきゃだめだよ」エバンは言った。

「行きたくないんだ。大丈夫だ。すべてうまくいくさ」僕は、そう言ったのを覚えている。

一九七九年、ニューオーリンズからニューヨークに戻った。そして、マンハッタンのアパートでエバンと共同生活を始めた。僕が戻ったのには、止むにやまれぬ理由が二つあった。一つは、大学を卒業しようと思ったからであり、二つ目は、僕のどこが悪いのかを知りたかったからだ。けれど、二つの動機は分けられるものではなく互いに関係があった。僕は一年間旅にでて、ニューオーリンズで働いた。そうすることが、自分の問題を他人の助けを借りずに、一人で解決できる道であり、自分の奇妙な行動を『治す』ことだと思ったからだ。僕のチックは、徐々に頻度を増し、この時期かなり目立つようになっていた。頭はいたるところで振られ、両うでは体から飛び出さんばかりに振り出されていた。足で繰り返し床を踏み鳴らさずにはいられなかった。僕のトゥレット症候群の症状は、このようにたいていてい、不規則な動きの連続だが、それだけではなく繰り返しぶつぶつ言うような音もたてていた。

病院には行きたくなかったが、「診てもらわなきゃだめだよ」というエバンの言葉が僕の頭から絶えず離れなかった。十代の頃から、僕は途切れるような、抑揚の激しい話し方をするようになった。それはどもるような話し方であり、異常に力が入ったり、口ごもったりして、言葉は千路に乱れていた。母はかかりつけの医者にアレルギーが原因かどうか尋ねた。母がアレルギー原因説を本当に信じていたとは思えない。でも、ほかの誰もがそうであるように、僕の奇妙な行動の原因を知りたがっていた。家族と僕が、その原因として疑ったのは、アレルギー、神経障害、自制心の欠如、空腹、情緒不安定、短気だった。十六歳のとき、両親は、僕をいろいろな医者に連れていって、どこか悪いところがあるに違いないと訴えた。両親が僕の症状を訴えると、家族療法を薦められた。療法は、数カ月から一年続いては僕のほうから辞め、症状が悪化するとまた治療を開始した。僕は、しばしば、療法士のところから疾風のように逃げ出してしまった。両親はカウンセリングをやめた。心理療法士は、僕の両親、しつけ、あるいは家族関係を決まって非難するのだった。

数年間、僕は、たとえ今、自分がぶつぶつ大声を出すのを他人が聞いていて馬鹿にしていても、やがて、この症状はなくなるのだと自分を欺いていた。僕は人ごみの中にいるのがいやだった。いつも屈辱感に苛まれているように感じた。もし、僕の体の中で僕を締め付けている、捉えどころのない悪魔を捕まえさえすれば、奇跡的に『治った』と思うことができるのにと考えていた。また、もし僕を悩ませているさまざまなチックから『脱皮』できたら、本当の『普通』の自分が現れるのに、と思った。

数カ月後、大学に復学する前、僕は両親とニューヨーク病院のペイン・ウットニー・クリニックの精神科医であるマイケル・サックス医師の診療所にいた。「私たちは、藁にもすがる思いであなたを連れて行ったのよ。最終結論を出すということは、あなたが脳腫瘍だと宣告されることになるかもしれないと思ったわ。少しでも結論を先に伸ばしたかった。あなたを医者に連れて行くことは、現実に恐ろしい結果が待ち受けている可能性があると思ったの」母は当時を振り返って言った。ほんの二、三回通院し、細かい経過を話しただけで「まず間違いなくトゥレット症候群だと思います。専門家に診てもらったほうがいいでしょう」とマイケル・サックス医師は言った。彼はさらに続けて、「この病気と一生付き合うことになるでしょう」と言った。

僕は病名がわかってショックを受けると同時にほっとした。そしてわが国には、僕と同じようなトゥレット症候群の人たちが数十万人もいることを知った。でも、それが治らないと知って落胆した。「その診断を聞いて、絶望的になったわ」母は最近僕に言った。父は無骨だが気軽に人と接す

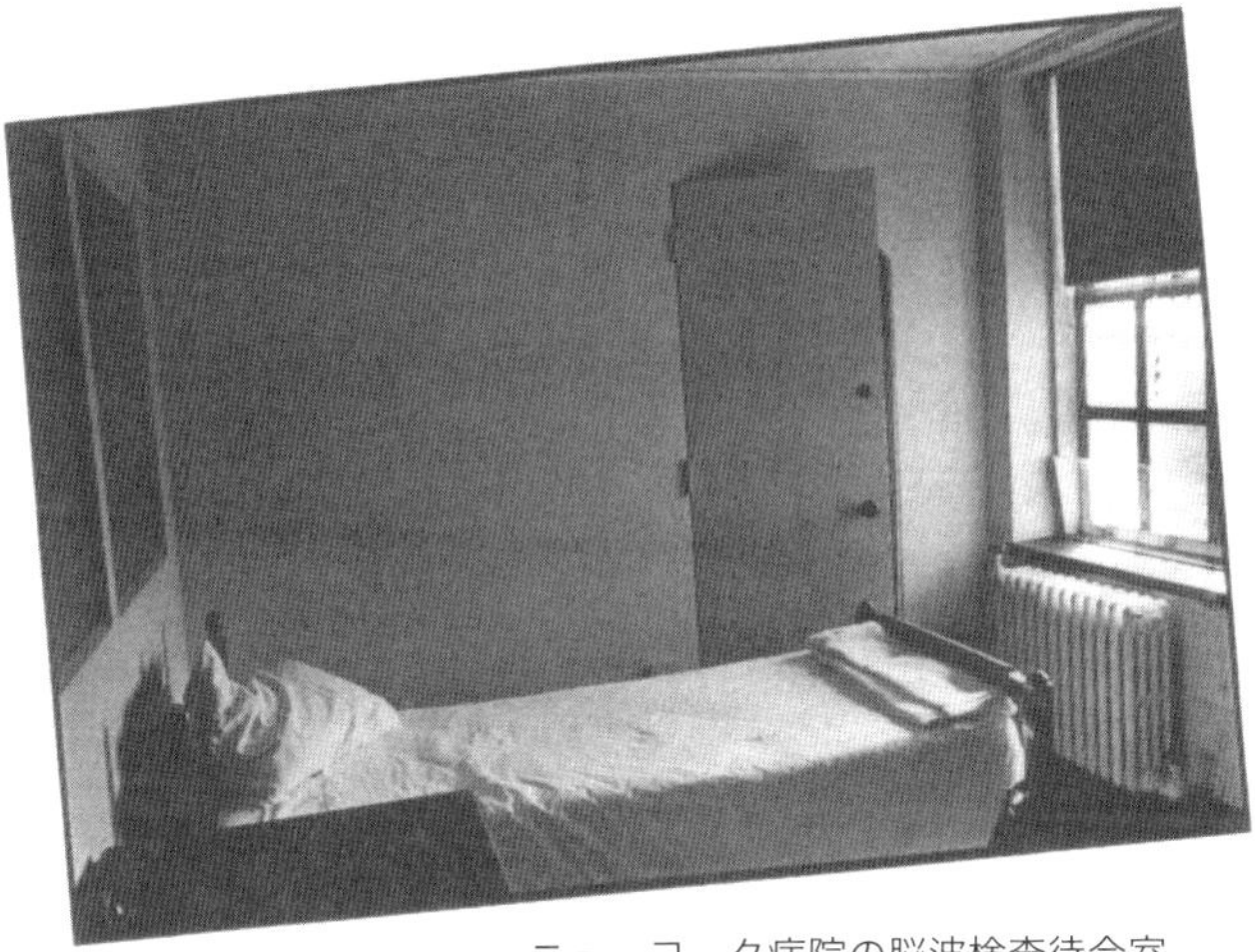

ニューヨーク病院の脳波検査待合室.
僕はこの頃トゥレット症候群と診断された

る性格なのに比べ、母は他人にたいしていつも事務的に接する人である。その母の僕の診断に対する反応は、彼女の関心の高さと恐れの強さを表していた。「それはあなたの人生と将来の終焉を意味するものだと感じたわ。あなたの生活がどんな制限を受けるのか、また逆に、どんなことならできるのかって自問したのを覚えているわ」と母け当時を振り返って言った。

母は、精神衛生の専門家としての幅広い訓練を受けていた。サックス医師の診断は、彼女に混乱と困惑をもたらした。「ある時点から、私はあなたがトゥレット症候群だということを予想していたわ。そして、なんとかそれを打ち消そうとしたの。あなたが症例検討会でみている若者と同じような精神障害があるとは信じたくなかったの」と母は言った。彼女は、僕の振る舞いが奇抜なだけで『普通』なのだと思いこもうとした。トゥレット症候群と診断されたとき、母は僕の子どもの頃からの症状を思い起こしていた。「それまで、あなたが精神障害だと、自分にもまた他人にも認めさせたくなかったわ。異常を暗示するあらゆる疑いに目や耳を閉ざしていたの。でも、今や、それが現実のものになってきたのよ」と彼女は言った。

父も僕の診断を聞いたときのことを絶望的なものとして思い出すと言った。「私は前途が真っ暗になった。事務所に戻ってきて、ドアを閉め、なにもすることができなかった。診断がついたとき、おまえがこの病気から回復できないのだという思いが私の頭にこびりついた――この病気は一生続くのだ。おまえは治ることがないのだ――そう考え、私は絶望感に陥った」一方で、彼は、これが現実なのだとも思った。

父は背が低く、がっちりしている。しかも贅肉もない。顔には短く刈り込んだしらが混じりのあごひげがはえていて、語り口は年輪と経験とを感じさせる。顔色はピンク色を帯びて白かった。肩幅が広く、均性のとれた体つきだった。僕は自分の病気がわかってから、父にも何かしらの症状があるのだろうかと思った。彼は非常に温厚である。けれど、いつもなにかしらの音をたてていた。僕は彼が時々ものすごい速さで古い曲を口笛で吹いているのを聞いたことがある。父が歌ったり口笛を吹くのは、神経質になっているときだった。歌ったり口笛を吹いていないときにも、のどを鳴らしたり、貧乏ゆすりをしたり、頬を膨らませたり戻したりしていた。それでも、彼は落ち着いていて、たとえ地震が起きようとも、微動だにしないようにみえた。たぶん、この一見穏やかな態度の中に潜む多動性が、いくぶん僕のトゥレット症候群に関係しているのだろう。でも確かなことはわからない。科学者は、この病気には、遺伝的要因が強く関係していると信じているが、どの遺伝子が関係しているのかはまだわかっていない。

父から僕に伝わったと思われる、言葉や行動をうまく制御できないという障害は、形を変えて現れることはないのだろうか。僕は、強迫性障害がトゥレット症候群の併発症であることを学んだ。強迫思考は、反復する、制御困難な、煩わしく、ときには恐怖をともなう考えである。強迫思考は、それがずっと消え去らず不快なものであれば、生活を破壊する。トゥレット症候群の患者の中には、病気や死に関する考えが頭に浮かぶのを止めることができなかったり、電気を消したかどうかや物が対称的に決まった場所に置いてあるかどうかを確認する動作を気が済むまでしないと自分や家族が病気になったり死んだりするのではないか、と考える人たちもいる。

強迫行為は、制御や中断できない行為である。強迫性障害として知られている精神の病気をもつ人の多くは、もしある種の行為を気が済むまでしなければ悪いことが起こるのではないか、と感じる。トゥレット症候群の人の中には、チックに加えて典型的な強迫性障害がある者や、僕のように、単に衝動的な行為や思考となって現れるものもいる。トゥレット症候群や強迫性障害の人は、決まった手順で衣服を着ないと気が済まない。手順をまちがえると、脱いではじめからやり直すのだと話してくれた。器具のスイッチが切ってあるかどうかの確認は、歩道で割れ目を避けるのと同じくらいよく見られることである。典型的な強迫行為には、物に触ることへのなんの根拠もない恐れだとか、また、ある場合には僕と同じように、繰り返し物に触りたくなる衝動的行為などがある。過度の手洗いや家の電灯のスイッチが切ってあるかどうかを繰り返し確認することも、よく見られる強迫行為である。

僕は、ずっと『エボラ』という言葉ばかり考えている強迫性障害の女性を知っている。周囲の会話やテレビやラジオで何をやっていようが関係なく、彼女は『エボラ』のことを考えている。彼女には、その言葉が死を招く恐ろしいビールス病を表すということが問題なのではなく、重要なのは、頭のなかでその言葉を繰り返すとき、その言葉が醸し出す音であり、彼女は言葉の持つ音の響きにとらわれているのである。トゥレット症候群の人たちには、しばしばそのような言葉に関する強迫思考がある。言葉や語句の意味あるいはそれが持つ音の抑揚、調子、語呂といったことにとり憑かれていたずらに時を費す、出口のない迷路へと迷い込むのである。すなわち、一つの言葉があたかもローラー・コースターにでも乗っているかのように、頭の中を駆け巡り、彼らは、いつまでもその言葉にとらわれて、次の思考へと進めないのである。

僕は自分の家系にある種の強迫傾向があるのを知っている。母は会話の中で自分の言いたいことを五、六回繰り返して話すことがあるし、話の要点を何度も強調することがある。おばやおじも衝動的な性格で、ときどき途中で食べるのを止められなくなり、体重が一五〇キロにもなってしまったことがある。もしおばやおじの前に食べ物が出されれば、たとえそれがどんなに多くても、全部平らげずにはいられないだろう。二人とも、母と同様に、それが何度話された内容であろうとも、繰り返し話し続け、止まることがない。

いったん、トゥレット症候群という診断がつくと、すべてに辻褄があった。今まで合点がいかなかったことが、今考えてみるとすべて合点がいく。頭を前後左右に、突然素早く揺り動かす動作は、典型的なトゥレット症候群の症状だった。それは、ときどき頭痛を引き起こした。また、両目が寄ってしまうかと思うほど顔をしかめる癖があった。

医者の診断を聞いたあと、僕は自分の病気の経過をたどるために、今までの生活を振りかえってみた。今振りかえってみると、子ども時代に、チックはそれほどひどくなかったが、強迫性障害の前兆はあった。成長するにつれてあらわれてきた新しい不思議な『癖』は、鉛筆の芯を尖らせて、紙片が完全にあばた状になるまで突つくことだった。僕は一回突つくごとに充足感を感じた。そうすることによって、一種の発作ともいうべき自分の気持ちの高まりが治まるのだった。でもまた新たな衝動が起こり、紙を突つきたくなった。

十代の前半、初めてカメラを手に入れたとき、この高価な機器を空中に投げては、それが地面に落ちる寸前にキャッチしながら歩き回っていた。父の「落とすなよ！」という注意にもかかわらず、止めることができなかった。ロックミュージックを聞き始めた頃、父はしばしば音を小さくするように言った。僕はそれに応えて、ステレオの音を小さくする前に、必ずボリュームをいったん最大にせずにはいられなかった。ほかのトゥレット症候群の人がそうであるように、僕はこのような行為によって充足感を得ていた。

様々な経験をした僕にとってもきわめて異常な出来事が、郊外にあるこざっぱりとした我が家で起こった。僕は高校時代から、熱心な写真ファンだった。カメラの附属品の中で最も価値あるものの一つは、美しい金属製の三脚だった。父は、僕が何かにイライラして自分の部屋に入ったのを覚えていた。父が仕事から帰ってきたとき、「ロウェルがやったことを見てくださいよ」と母は言った。それまでに僕は、家のテーブルというテーブルのすべてにナイフで傷をつけ、穴だらけにしてしまっていた。けれど今度は、三脚で自分の部屋の壁に穴をあけてしまったのだ。

成長するにつれ、読んだり書いたりできないことにイライラが増した。ある日、このような不満が鬱積したとき、僕は三脚を持ち上げ、壁に投げつけた。このことがあってから数週後、父は、僕に、また同じようなことをしたら、三脚を取り上げて家の石塀に投げつけて壊してしまうぞ、と言った。そして、ふたたび僕が同じことをしたとき、父は、三脚を取り上げて、木っ端微塵にしてしまった。それから、僕にそれを返し、「今度、おまえがこんなことをしたら、カメラも同じようにしてしまうぞ」と言った。父の態度は、暴力的で、極端な行動に映るかもしれない。けれど、僕の行動もそれ以上に暴力的だった。彼はたぶん、僕にショックを与えて、僕の暴力に対抗する方法を見いだそうとしていたにちがいない。なぜなら、あとになって父は、「荒療治してわからせたら、二度とこんなことはしないはずだ」と言ったからだ。

診断がついた今、僕は、自分の病気についてこれからどんなことが起こるのか知りたかった。信頼している人たちに自分の病気を説明したかった。僕は、二十世紀で最も有名な写真家の一人であり、助言者で、友人でもあるリセット・モデルに電話した。彼女は、エバンと僕が住んでいるグリニッチ・ビレッジの町はずれに住んでいた。彼女とは一カ月に一度、夕食を共にしていた。ある日の夕食時、「この奇妙な動きの原因、つまり、僕の病気がわかったんだ。トゥレット症候群っていうんだ」と彼女に言った。

彼女の答えは、僕を驚かせるものだった。「もちろんよ。そういう動きや音を出すのは、トゥレット症候群だって、テレビで見たことがあるわ」と彼女は言った。僕は彼女になぜ早くそれを教えてくれなかったのかを聞いた。すると彼女は、「他人の弱点なんか指摘できないでしょう。そういうことは、自分で勉強するのよ」と言った。実際、僕はトゥレット症候群という病気を知るのに二十年以上かかっていた。そして、それから数カ月あるいは数年かけて、多くのことを学ぶことになったのだ。

診断がついた頃、僕は、ニューヨークの芸術大学の四年生として学校に戻った。毎日のチックと戦いながら学業に集中することは、非常にたいへんだった。毎日が憂鬱だった。そのため、しばしば眠りと絶望の中に時を過ごした。学生としての僕は、地下鉄を題材にして、ニューヨークの退廃的な姿の、また自らの憂鬱な気分を表現した写真を撮った。

当時の教官のジムは、ユーモアに欠け、僕と気が合わなかった。彼は、自分の授業にたいしてやる気のない学生に、容赦なかった。その結果、僕の成績は最悪だった。僕は自分の成績の評価に異議を唱えた。しかし、彼の評価は変わらなかった。そのような状況にもかかわらず、僕は写真学の学士号を取得し、芸術大学を卒業した。

それから二年後、あるギャラリーで展示会が開催された時、僕は彼とふたたびトラブルをおこした。僕はこのギャラリーでしばしばボランティアをしていた。そこは、囚人あるいは社会的に不利な立場にある人たちに写真を教えるワークショップや移動教室を提供していた。ある春の日の夜、そこでの展示会の開会式に出席した。リセットがちょうど亡くなった頃で、僕は、仲間と悲しみをわかち合っていた。そしてジムに出くわしたのだ。夜も更けて仲間が解散した後、彼は大声で異を唱えながらやってきた。彼は以前から、僕の行動を彼の考え方にたいする挑戦と受け取っていたに違いない。「ロウェル、おまえは、病気を隠れ蓑にしている」と僕の前に立ち、怒って言った。彼は、拳を握り、息を荒くして、立っていた。「おまえは間抜けだ！　殴ってみろ！　この間抜けめ！　やろうじゃないか！」と彼は挑発的に言った。

僕はこの男が怖かった。彼と争いたくなかった。僕は車に乗り、走り去った。彼が僕の病気について わかっていたとは思えなかった。たぶん、彼の劣等感、不安、面子から喧嘩を売る気になっていたのだろう。彼の心の中に何が起こっていたのだろうか。控えめに考えても、僕の態度にたいする彼の反応は、異常だった。

ニューヨークのイースト・ビレッジにて．
苦悩に満ちた老婦人の姿に僕の心の内を重ねた

在学時代、僕に対する彼の態度は、ほかの教官と全く違っていた。芸術大学の最終学年で、僕はデニス・シモネッティの写真学の講座をとった。彼は開講時に、自分が神経の病気をもっていることを説明した。彼は、その頃パーキンソン病と診断されていた。両手にふるえがあった。そして学生たちに、これは病気によるものなので心配しないようにと言った。彼と僕が知り合いになったとき、彼は僕の病気について尋ねた。彼は、トゥレット症候群のことは知らなかったが、すぐに僕の説明を理解してくれた（面白いことに、パーキンソン病はドーパミンの欠乏により生じ、トゥレット症候群はその過剰の結果生じる。僕は、その後、彼と僕の脳は、ちょうど正反対の状態だと知った）。彼は、優れた写真家であり、芸術家だった。僕は、彼から多くのことを学んだ――写真のことだけでなく――そして、良い友人になった。

ジムとデニスとの経験から、二人の僕の病気に対する態度は両極端だと思った。一方は威嚇的であり、他方は理解し同情してくれた。たいてい、僕の病気にたいする他人の反応は、三つのカテゴリーのどれかに落ち着くことがわかった。すなわち、恐怖、同情、無関心である。神経質だったり、自分自身に対して自信のない人たちは、僕の病気をあたかも自分のもののように感じ、いらだった。親しい人たちは、ときどき、僕が彼らをからかっているように見えたと言った。

僕がトゥレット症候群を受け入れるには時間がかかった。自分の病気を知り、それが決して稀なものではないのを知り、多くの人たちが自分と同じような気持ちを経験しているのを知って安心した。人々が僕に会った時、あるいは、僕がこの病気について彼らに話した時、彼らがどんなことを考えているのかがわかるようになってきた。それでもまだ僕は自分の病気を恐れていた。トゥレット症候群は致命的な病気ではないし、進行する病気でもないが、毎日症状が違うのだった。自分にもいつ何が起きるのかわからなかった。悪いことには、あらゆる動きや僕のたてる音は、他人が僕の行動を批評するいいチャンスだった。ある朝僕は、二番通りとセント・マークス・プレースとの交差点にある売店に、新聞と一杯のコーヒーを買いに出た。新聞を買いながらぶつぶつ言ったりピクピク身体を動かしている僕を見て、片隅にいた乞食が「また、ウオッカをがぶ飲みしたのか。え、若いの」と言った。その日は、その時すでにイライラしていた。誰かが何か言えば、顔面パンチを食らわしたい気分だった。でも、爆発を先に伸ばすゆとりはあった。爆発を思い留まった。僕は二番通りで、一人の男と出会った。彼は、僕がわざとそれをしていると思ったのか、僕のチックの音を真似てからかい始めた。僕のチックが続くと、その男も同じように繰り返した。僕は、この手で、息の根が止まるまで、その男の首を絞めたかった。でも、そうはせずに歩き去った。イライラしているときは、アパートから一歩出るだけでもあぶないなと思った。

僕は、ニューヨークのベイサイドにある全米規模のトゥレット症候群の患者・家族の支援組織であるトゥレット協会を知った。でも、同じ症状をもった人たちに会うのが怖かった。この病気がどの程度まで悪くなるのかを知るのが恐ろしかった。また、あたかも伝染病のように、同じトゥレット症候群の人に会うことによって、症状が悪くなることを恐れた。協会に入会し、会合に出席し始めるまでに一年以上かかった。たとえ自分が幾分『違っている』といつも思っていても、『だめ』とか『異常』だとか考えたことはなかった。普通ではないと言われたとき――事実上のレッテルが貼られたとき――自分は他の人とは違っているのだという感覚でものごとを見始めた。基本的には、僕はふつうの男だった。でも実際は、少し欠陥をもつ社会のはみ出し者には違いなかった。

　写真家として仕事を続けられるだろうか、それとも、孤独で悩み多い生活を切りぬけながら、町の笑いものになるのだろうか。症状が軽快することがあるのだろうか。治ることがあるのだろうか。社会的に、また仕事のうえで、やっていけるのだろうか。女性は僕を避けるのだろうか。未来は、自分では抑制できないのろい、すなわち、動きや声のような症状の悪化、または改善、いったいどちらをもたらすのだろうか。僕にはまだ、この病気が自分にどのような影響をおよぼすのか、その答えを出す考えも術もなかった。

第四章 認可薬と未認可薬

診断がついてから、僕は、詳しい検査や治療を受けるため、ニューヨーク病院の神経内科を受診した。そして、長く複雑な薬との関係が始まった。医者は、僕の症状が、ハロドールという商品名で知られているハロペリドールを一日三ミリグラム飲むことで軽くなるだろうと説明した。ハロドールは、人間の行動に影響する神経伝達物質と呼ばれる脳内の化学物質に作用する薬である。トゥレット症候群の人たちは、運動を抑えたり、制御する能力に関係するドーパミンと呼ばれる物質が過剰に働いている状態にあると推測されている。ハロドールは、脳内の神経間隙にあるドーパミン受容体をブロックすることで、ドーパミンの作用を軽くするのである。

ハロドールを飲み始めると、僕は、すぐにチックの症状が軽くなったのを感じた。薬を飲んで二〜三週間は、新しく起こった体の変化と『調和のとれた』感覚に得意になっていた。けれど、ハロドールには、他の薬と同様に、飲んだ直後または飲んでしばらくしてからでる副作用があった。僕はすぐにはそれに気がつかなかった。後で、異常な空腹と感受性の低下に悩んだ。ときどき、じっとしていられないイライラ感を経験した。それから、その反動――極度の眠気と抑鬱というゾンビのような状態――を体験した。

僕は別の薬を探すために、医学雑誌を読み始めた。トゥレット協会の活動を通して、アビー・マイヤースに会った。彼女には、三人のトゥレット症候群の子どもがいた。彼女はトゥレット協会の患者サービス部門の主任で、薬と製薬会社に関するたくさんの情報を集めていた。彼女に検索をしてもらい、ピモジド（オーラップ）という、効果はハロドールに似ているが、副作用が少ない薬を知った。僕は、この病気の研究で最も有名な一人の医師、アーサー・キング・シャピロ博士も知った。彼は、多くの科学論文はもちろん、トゥレット症候群に関する医学書の著者だった。彼は、この病気が、心の問題から生ずるものではなく神経の病気だと考えていた。彼は精神科医だった。同時に、この病気に関する新しい病理学的概念の発展を促進してきた人でもあった。トゥレット症候群は、ジル・ド・ラ・トゥレット博士によるこの病気の報告、および、それにつづく数年間の、病気の原因・病態についての誤った情報や考え方の時期を経て、一九七〇年代に、長く忘れられていた初めに発表されたトゥレット博士の仮説の正しさが再認識されたという歴史的経緯をもっている。

一八八五年、フランスの医師ジル・ド・ラ・トゥレットは、神経障害だと考えられる慢性多発性チックの六例を記述した論文を発表した。彼は、著名な神経学者であるジャン・マーチン・シャルコー博士の弟子で、今日の僕たちとほぼ同様にこの病気のことを正確に記述した。

『この病気の主な症状である動きは、十人十色であるが、中には、共通の特徴もある。特徴の一つは、運動が突然出現することと素早いことである。突然に、すなわち前触れもなく、顔しかめや体の捻じ曲げが一回、二回いや数回出現する。それから、その動きが完全に止む。しかし、その後（一般的に、運動間隔は、極めて短い）、先とは別の突発的な動きがふたたびあらわれる。大切なことは、たいていこれらの動きは、顔や手足、あるいは両者に限局されているということである。顔と手足の両方にチックが出た場合、動きが頻繁で強い傾向にある』と彼は論文の中で述べている。

この画期的な論文の中で、トゥレット博士は、患者の一人である知的能力の高い二四歳の男性の次の言葉を引用している。『議論を聞いていると、私は、言葉や言葉尻を反復したいという衝動に駆られるんです。大声で反復しようとするのを抑えるには、私の全精力を必要とするんです。実際は、部分的に抑えられるだけなんです。ときどき、反復する私の声を周りの人たちがはっきりと聞いているのはわかっています』

彼の論文が発表されてから百年後の今、アビー・マイヤースは、僕がトゥレット症候群を神経の病気だと考えている一人の有名な医師に診てもらえるように援助してくれた。僕は、マンハッタンのアッパー・イースト・サイドのシャピロ博士に診てもらうために予約をとった。

シャピロ博士は、白髪で小柄の、あまりていねいには診てくれそうには見えない人だった。僕を含めて、多くの人たちは、彼の不遜な態度に気分を悪くした。でも実際は、彼は人とうまく接するのがへたな研究者タイプだった。最初、僕は彼を不親切で人の気持ちのわからない医者だと感じていた。その後、彼が単に一人の患者だけではなく、すべてのトゥレット症候群の患者を援助するために活動しているのを知った。

彼は、大きくモダンな机の前に座っていた。口数は少なく、ときどき僕が話しすぎると手でさえぎって話すのをやめさせた。近代的な精神科医であり薬理学者でもある彼の経歴が示すように、彼の診察室の棚や花台は乳鉢や乳棒といった歴史的物品の展示場となっていた。彼は、薬の効果と副作用とを細かに記録するように言い、記録用紙を渡した。当てずっぽうに薬の量を決めて、「お大事に」と言って診察を終えるニューヨーク病院の神経内科医とは違って、彼は、ハロドールの最少量から治療をはじめた。副作用が出はじめるまで、少しずつ量を増やしていった。滴定法といわれるこの方法により、最少の副作用で最大の治療効果をあげることができた。症状が安定したときハロドールの副作用を回避するため、コジェンチンが併用された。

数カ月後、本で知っていたピモジドという薬について、シャピロ博士にたずねた。その薬の使用はまだ米国食品医薬品局（ＦＤＡ）によって一般には承認されていなかったが、彼は治験という方法で、オーラップという商品名のこの薬を使用することが可能だった。治験とは、薬の効果や副作用をたしかめるために、市販される前に、食品医薬品局の監視下に医師が患者に新薬を使用することである。患者にとっての利点は、料金を払わないで、薬を使えることである。ピモジドは、ヨーロッパやカナダでは数年前から使われていた。けれど、大抵、それは統合失調症（精神分裂病）の治療に使われていた。

彼は僕がその薬の治験に参加することを認めてくれた。ピモジドの使用により、僕の症状は少しよくなり、副作用も出なかった。神経にたいする正確な作用は明らかにされていなかったが、ハロドールとは違うドーパミン受容体をブロックするのだろうと推測されていた。三カ月ごとに薬の効果と僕がつけた記録を見せるために、彼のもとに通った。さらに、年に二回血液検査が行われた。受診のため彼のもとへ通うことは、期待と不安を伴った一種の儀式みたいなものとなった。心の内では、いつも何か悪いことが起こるのではないか、つまり、今感じ始めている症状の軽快は、ふたたび症状が元に戻る、あるいは、以前にも増して悪化する前の一時的な猶予期間ではないかと心配していた。

一九八三年一一月、アビー・マイヤースからワシントンD.C.に一緒に行ってくれないかという電話がきた。「ピモジドをはじめいろいろな薬の有効性について、食品医薬品局がときどき公式の聴聞会を開くのよ。そこであなたの経験を話してもらいたいの」という説明だった。

アビーは情熱を秘めた女性だった。彼女は三人の子どもが小さい頃から協会に参加していた。そして、彼らの治療について、より良い方法を見出そうとしていた。彼らはトゥレット症候群があるにもかかわらず、成長後、社会に適応していた。彼女は、希少疾患々者支援の全国組織（NORD）を創設し、現在その実行委員長である。希少疾患支援団体の人々は、その病気に有効な薬があっても、市場が小さければ製薬会社は製造しないことを知り始めていた。彼女は、どうすれば患者が製薬会社や政府機関の支援を受けながら治療を受けることができるかについて僕と議論した。

アビーは、食品医薬品局の聴聞会にいたるまでの経緯を説明した。「息子はピモジドを使っていたの。シャピロ博士のところに三カ月ごとに行っていて、ピモジドで非常に良くなっていたの。行くたびに、先生は三カ月分の薬をだしてくれたわ。今度も、三カ月分の薬をくれたの。でも、製薬会社が製造を中止してしまうので、これが最後だと言われたの」それは、製薬会社がこの薬を、米国で四百万から五百万人の患者がいる、より患者の多い病気である統合失調症のために開発していたからだった。つまり、この薬は統合失調症には無効であり、唯一の適応は潜在患者の少ないトゥレット症候群であることが明らかになったとき、米国におけるその製造と使用を中止しようとしたのだった。

「食品医薬品局に呼びかけ、何らかの解答を得ようとしたわ。でも、彼らは私と話そうとしないのよ。食品医薬品局が関知しようがしまいが、薬の化学式は、商業上の秘密だから、どんな理由があろうと一般の消費者に公表することは許されていないのよ。私は、ほかの患者支援団体に相談したわ。するとほかの団体でも同じ問題を抱えていたの。そういう薬の中には、製薬会社が製造しようとしないので、実験室で研究者が手作りしているものもあったわ」とアビーは言った。

彼女は諦めなかった。「それから、マジョリー・ガスリーにも相談したわ（マジョリーの夫のウッディー・ガスリーは、ハンチントン（舞踏）病で死んだ有名なフォークシンガーであり、フォークシンガーのアルロの父だった）。マジョリーはハンチントン病協会の創設者なの。彼女は、たとえ今ハンチントン病にたいする治療薬がなくても、いつかはそれが可能になる日がくるだろうと考えていて、この問題に非常に関心をもっていたわ。そして、その時には、その治療薬が確実に製造されるようにしたいと思っていたの。ちょうどその頃、アダム・ワード・セリグマン（カリフォルニアに住むトゥレット症候群の若者）はカナダからピモジドを手に入れていたの。友だちに買ってきてもらっていたのよ。税関がこの友人にストップをかけ、ピモジドを没収したわ。アダムの母のムリエルは私に電話で、どうしたらいいかたずねてきたの。私は彼女の住んでいる地域から選出された下院議員に相談するように言ったわ。都合のいいことに、その地域の下院議員は、議会の健康と環境問題の分科会の委員長をしていたヘンリー・ワックスマンだったの。彼は、これを由々しき問題だと考え、どんな薬がこの手の『限定版』になるのかの聴聞会を召集することに決めたの。アダムと私は、ミオクローヌス（てんかんの一種）の薬を自分の実験室で手作りしていたバン・ウェル

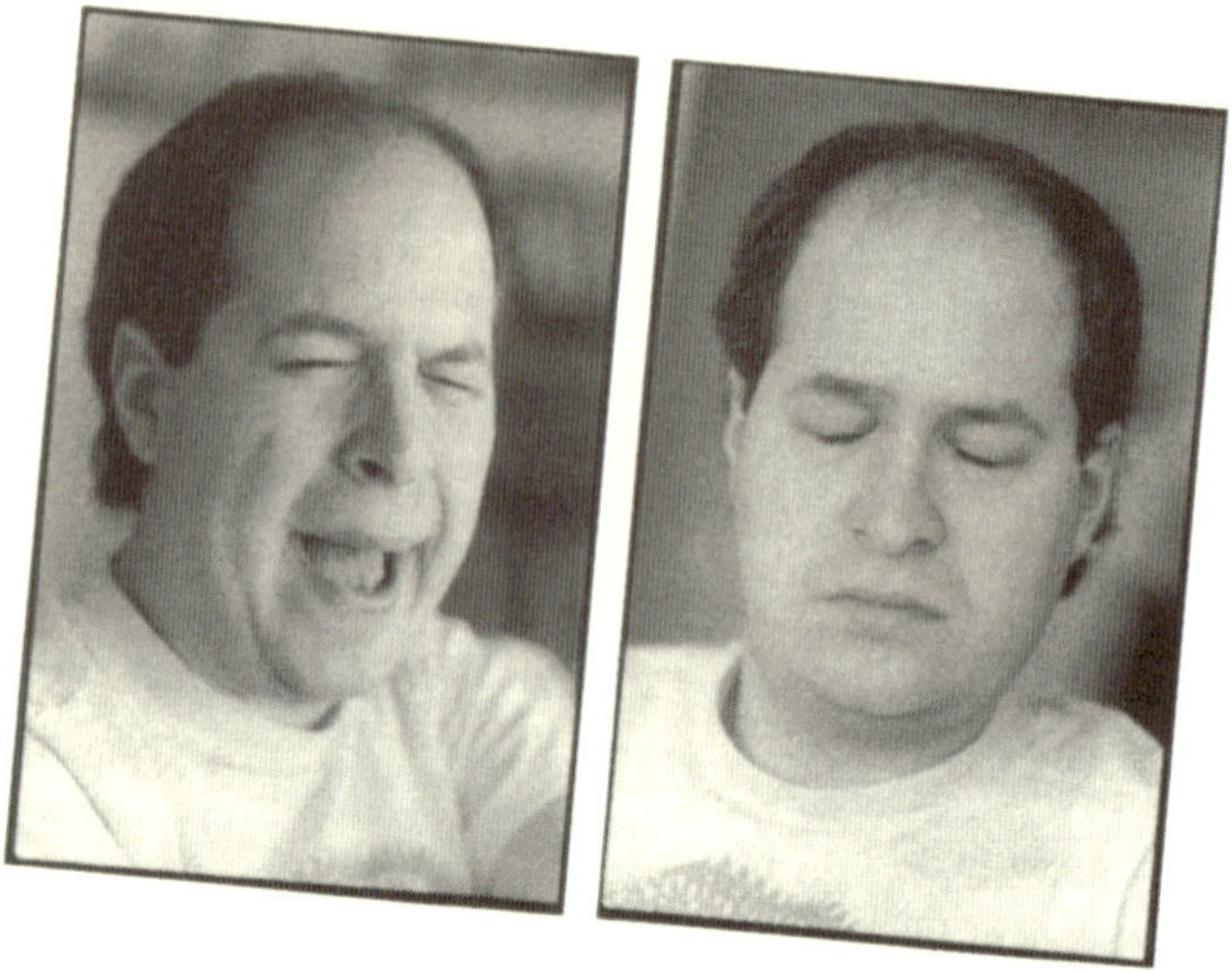

アダム・ワード・セリグマンのチックの瞬間

ト医師といっしょに諮問されるのよ」とアビーは言った。

アビーから、彼女の諮問を援助するように依頼を受けたとき、僕は医学上の歴史的出来事に貢献できることが信じがたかった。自分を病気の犠牲者と感ずる代わりに、この機会を捕らえて、医学の歴史的変化に向けて、その先陣を果たすことができるのではないかと感じた。僕は、翌日朝早くワシントン行きの飛行機に乗れるように、コネチカットのアビーの家に一泊したのを覚えている。彼女の子どもたちはハロウィーンの準備をしていた。僕は彼女の夫にも会った。そして、彼らが自分の子どもたちや僕たちの現状を好転させる活動のため、並々ならぬ犠牲を払っているのを見た。彼女は、毎朝、自宅からクイーンズにあるトゥレット協会の事務所まで二時間かけて通っていた。しかも、彼女は協会の仕事でいつも全国を飛び回っていた。そのため、しばしば数日間家を空けなければならなかった。

僕はその朝、聴聞会へと旅立つため、久しぶりに背広に身をつつんだ。ニューヨークのラ・ガーディア空港からの機内は、ニューヨークタイムスやワシントンポストを読むビジネスマンで溢れていた。一時間ほどの飛行のあいだ、僕は食品医薬品局の聴聞会でどんなことが待ち受けているのだろうかと考えていた。使命をおびていたせいか、病気の症状からは大分解放されていた。飛行中、僕はすぐ前の座席が妙に気になり始め、座っている人に気づかれないようにキックすることに夢中になった。それは自分ではほとんど制御できないゲームのようなものだった。ぶつぶつ声を出したり、前の席をキックしながら、僕は、旅の目的を不機嫌にたずねてくる人があればどう答えようか、などと考えていた。たとえ今、トゥレット症候群になった原因はわからなくても、少なくとも僕の病気が今回の旅の原因であることにはちがいない。

ワシントンに着いた後、彼女と僕は、食品医薬品局の本部のあるメリーランドのロックビルへタクシーで行った。そこでシャピロ博士に会った。それから巨大な部屋に入った。そこにはマイクが備え付けられたU字形のテーブルがあり、それを囲んで多くの人たちが議論していた。その端には、テープレコーダーとノートを手にした記者たちがつめていて、この会議の結論が出るのを今や遅しと待っていた。部屋の反対の端には演壇とスタンドマイクがあった。そこで、僕は簡単な自己紹介とピモジドが承認されるべき理由について述べることになるのだろう。僕たちは座って、精神薬理学諮問委員会の委員たちがピモジドの特徴と問題点を議論するのを数時間にわたって聞いた。資料の中には、多量で心筋障害を起こす例があった。委員はそのことに大きな関心を持っていた。委員会では、医師も薬の効果を知りたがっていた。シャピロ博士とアビーは証言した。そして、とうとう僕が話す番がきた。僕は立ち上がり、マイクに向かった。

「僕は、ロウェル・ハンドラーと言います。二十七歳です。現在まで、約二年間ピモジドを使ってきました。ハロペリドールで治療を始めたとき、非常に耐えがたい副作用を経験しました。でも、ピモジドを使い始めると、副作用もなく症状も軽くなってきました。僕は、今日、ここにいらっしゃる皆さんが、僕のようなこの薬を必要とする患者がそれを使えるように、ピモジドの製造に賛成されることを希望します」と言った。

ほんの一言を言うために長い道のりを歩いてきたように感じた。僕は、アビーの隣に戻り、さらに数時間の討論を聞かなければならなかった。記者たちは必死に記録していた。休憩時間に、僕にいろいろ聞いてくる者もいた。

九時間の議論の末、精神薬理学諮問委員会は、食品医薬品局にピモジドの製造承認を推薦した。その部屋にいた数百人の人々は喝采した。僕は長い一日が終わった解放感を感じた。そして、一個人が体制の中で一つの改革を起こし得たことに満足した。数カ月後、ピモジドは、米国で使用可能になった。

その薬が使用できるようになっただけでなく、製薬会社は、医師にその薬のトゥレット症候群への使用法を教育した。それが食品医薬品局に承認されるまで、ハロドールと同様の効果を持ち、ほとんど副作用のない薬はなかった。

ピモジドは、その後立法化されたオーファン・ドラッグ法で承認された最初の薬の一つである。いわゆるオーファン・ドラッグとは、患者数が全米で二十万人以下の病気にたいする薬である。アビーが言ったように、大きな製薬会社は、利益が少ないので、オーファン・ドラッグ法によって経済的利益が保証されるようになるまで、このような薬を『製造』しようとしなかった。

オーファン・ドラッグ法は、稀な病気にたいする薬の開発を製薬会社にすすめる、一連の租税優遇措置を作りだした。同時にその法律は代理特許法をも提供した。すなわち、その薬を開発する責任がある製薬会社は、七年間他社からの競合を受けなかった。この法律ができる前には、別の製薬会社がすぐに市場に参入することができた。一定期間競合がないことと開発費一ドルにつき、五〇セントの免税という政策は、製薬会社に、コストの著しい削減と利益の増加をもたらした。しかし皮肉にも、ピモジドはオーファン・ドラッグ法の成立を助長した最初の薬の一つだったが、公式にオーファン・ドラッグとして指定されたものではなかった。というのは、この法律が施行される前に、ピモジドの製薬会社は、彼らが政府の管理およびこの法律に反対することによって生ずる社会の悪評を避けるため、この法律ができる前にその薬の製造に同意していたのだ。けれど、この法律の話題が報道されるたびに、ピモジドは、米国でオーファン・ドラッグがどのようにして使用可能になったかという経過を説明する例として登場した。

僕は最近、アビーと話す機会があった。その際、オーファン・ドラッグ法の制定支援の仕事が今日の活動の糧となっているという話を興味深く聞いた。彼女は、クリントン大統領のヘルス・ケア・プランは、医療政策改革への大きな第一歩だと思っていた。けれど、その計画が実際に行なわれれば、多大の損失を招くことになる保険会社の反対で、成功しなかったのだと主張した。

「健康な人たちが、それがなければ自分たちの生活が脅かされると感じる状況にまでならなければだめなのよ。今危機を感じているのは、あなたや私の家族のような、大きな病気を経験している人々、つまり現在のヘルス・ケア・システムがいかに役に立たないものかを理解している者だけなのよ。人は、誰でもいつでも障害を受ける可能性があることをわかっていないのよ。特に、若者たちはいつまでも健康だと思っている。いつでも怪我をせずに山登りやバンジー・ジャンプができると考えているのよ。健康な人でも重い病気になる可能性が常にあることを理解するまで、米国の、現在のヘルス・ケアの状況を改善する政治的な推進力は出てこないのよ。他の先進国では、今世紀の初めにヘルス・ケアに関する法律ができたのに。私たちは、諸外国に比べて百年も遅れた時代に住んでいるんだわ」とアビーは主張した。

彼女は、まるで疲れを知らないかのように、ヘルス・ケア・システムの改革のために働いてきた。けれど、彼女は、いつも米国人の特徴である何か——利己主義——それはわが国の政策のせいなのだが、を感じている。

「私たちは、米国人として、今まで互いに助け合わなければならない場面に直面しなかった。誰もが自分には関係ないと思っている。自分や隣人の面倒はみる。でも、それを越えては誰も関わろうとはしない。私たちは慢性病の医療費を出し合い、支えあわなければいけないのよ」と彼女は言った。

僕は彼女との話から、僕たちの社会は、ある友人が『健康に対する過信』と呼んでいる罪を、背負っているのではないかと思った。僕たちは『非病人』と『病人』という両陣営にわかれているように思えた。たぶん、健康な人は病気に触れたくない、知りたいとも思わない。何らかの影響を受けるのがいやなのだ。オーファン・ドラッグ法制定の運動は、ヘルス・ケアの危機に直面する僕たちにとって、非常に重要な出来事だった。そして、アビーが指摘したように『その運動は世界中に広がっている』。日本では、オーファン・ドラッグ法が約三年前に成立した。ヨーロッパでは、現在、成立しようとしている。稀少疾患は、地球レベルでみると、稀ではない。最近、テレビ番組のマックネイル・レーラー・ニュースアワーで、アビーが医療保険会社の幹部と話しているのを見た。全国的な人気番組でこのような内容が放送されたのは、たぶん大衆がこの問題に関心を持つ時代の到来を意味するものだ、と僕は希望を持った。

第五章
白血病と生命

僕は、常に文字や言葉よりも形や色により一層の心の安らぎを感じてきた。小さい頃から失読症があったので、印刷された言葉を理解するのがむずかしかった。世の中のものを、自分の目を通して見るように、モノクロで捕らえたいと思った。物事を静止した時間と空間にとどめ置きたかった。写真を撮るのは、僕にとって、まさに心踊る経験である。僕は観察者であり、同時に参加者だった。写真について書くのはむずかしいし、話すのはもっとむずかしい。なぜならその行為は、体験に基づくものであり、その活動を経験したものだけが、そのすばらしさを知ることができるものだからだ。写真は、評論、政治活動、ジャーナリズムであり、また、社会に対する反抗という行為でもある。写真が情緒に訴えるかけるとき、その行為は芸術になる。一日の仕事を完全に終えた後、僕はあたかも大きなことを成し遂げたような満足感を感じる。

十三歳の誕生日に初めて両親から三五ミリカメラを買ってもらった。あらゆる物を写真に撮り始めた。五〇年代から六〇年代の古いライフ誌を数時間あるいは数日間見ては過ごした。夜ベッドに横たわり、その有名な写真誌の仕事のため、海外で働いている自分を想像した。高校の成績は悪かった。読んだり、書いたりうまくできなかった。作品を評価してもらい、ボストンにある文系大学のひとつであるエマーソンカレッジに入学した。

カレッジで一年間過ごしてみて、雑誌の世界のように、一つの仕事を求めて千人もの写真家が競い合うといった過当競争の分野で働くには、自分の写真技術を飛びぬけて上達させる必要があるのを知った。それにもかかわらず、ボストンでの最初の年、僕はパーティーや友人との交流に多くの時を費やした。高校生活は仲間に受け入れてもらえず辛い思い出があったのに比べ、大学生活は楽しかった。長髪とドラッグの影響を受けた反体制文化が流行していた七〇年代はとくに、すべて（僕の奇妙な動きさえ）が受け入れられるように思えた。奇異と見られるものはほとんどなかった。この何でもありの雰囲気の中に、僕はほっとしていた。大都市エマーソンで、同世代の人々にいつも囲まれているということが、僕の好奇心を刺激し、もっと大きな町でより大きな刺激を受けたくなった。深い芸術の世界に浸りたかった。そこで、ニューヨーク市の美術大学の写真部門に移った。今度も、僕の撮った作品を評価してもらい、入学を許可された。その夏、僕は、いわゆる情緒障害児のキャンプでカウンセラーとして働いた。小さなライカのカメラと一枚のレンズで、子どもたちの孤独と牧歌的な美しさを伝える映像を撮った。

『ポップ・フォト・オン・キャンパス』と呼ばれる一連の作品を制作しているポピュラー・フォトグラフィーの編集者が、僕たちの学校を訪れた。彼らは二千人以上の学生の中から、約六人の作品を選んだ――その中に僕の作品も含まれていた。その年の後半に、ユーエス・カメラ誌は、八ページからなる僕のサマーキャンプの写真集を出版した。そのとき僕は十九歳だった。プロとしての仕事に意気揚々としていた。僕の写真が大衆に届いたのだ。

はじめての出版の成功にもかかわらず、僕は、まだ、仕事で生活をまかなえるほどではなかった。誰かといっしょに働く必要はなく、自分一人で働けるという利点はあった。写真家として、自分で計画し、独立して働くことができたのだ。けれど、一方では自分の『病気』のために仕事の機会が与えられないのではないかと心配した。フォトジャーナリストになりたかった。でも、チックのために、しばしば相手にされなかった。

美術大学を卒業後、エバンと住んだニューヨーク市のアパートを離れ、北へ一時間ほどのところにある小さな町のコールド・スプリングへ移った。ウェイター、コック、事務の助手、カウンセラー、庭師、掃除夫、酒屋の店員と職を転々として、数年を過ごした。これらの仕事の合間に、写真家として、有給の仕事を得るために、技術を磨いた。

フォトジャーナリズムの世界で働くため、備えなければならない二つの主要な要素に、チャンスと場とがある。写真家の基本は、『レンズと時』である。適切なときに、適切なレンズを付けたカメラを持ち、適切な場所にいることを意味する。僕に何かできることがあるとしたら、自分がトゥレット症候群をもっているという理由から、障害のある者の生活を写真で表現することではないかと考えた。そのような写真は、少なくとも、トゥレット症候群に関する情報を広め、またそれに光を当てるだろう。そして、もし僕がそのような写真に出会っていたなら、自分の病気をもっとはやく理解できていただろう。

当時、僕には、タイム‐ライフ誌のフリーランスのジャーナリストである旧友のキャロラインがいた。一九八四年の秋、彼女は、僕が撮った情緒障害児の写真集のことを覚えていて、電話をかけてきた。彼女は、僕に、同じような仕事をライフ誌のためにする気があるかどうか聞いた。僕ははやる心を抑えて、穏やかに、「うん」と答えた。そして、ライフ誌にはトゥレット症候群の人々の話題がまだ取り上げられたことがないことを伝えた。僕たちは情報を集め、科学担当の編集者に送った。返事を待つのが果てしなく長く感じられた。そして、それが来たときには、天にも昇る気持ちだった。彼らは、トゥレット症候群の人々の写真集に興味を持っていた。もちろん、これは僕の長年の夢だった。

編集者から、その計画がものになるかどうか判断できるまでは、会社は積極的に協力できないし、資金も出せないので、自分でその計画を始めてもらわなければならないという説明を受けた。無一文の僕にとって、それは辛いことだった。けれど、仕事にありつけるかもしれないという一縷の希望があった。理想的な案を一つ選べるように、いろいろな状況下にあるトゥレット症候群の人々の、さまざまな生活を、幾種類も撮影しておくように言われた。

情緒障害児の組織，キャンプ・レインボーでのボランティア活動を通して，僕は障害の中にある種の美を見いだした

僕は、今日まで、トゥレット協会と良い関係を維持してきた。会に出席したり、支部の支援もしてきた。協会の目的の一つには、社会的活動があった。特に、親たちは問題行動や薬に関する情報交換を強く望んでいた。僕は協会と接触し、計画を説明した。幸運にも、彼らは、計画を熱心に支

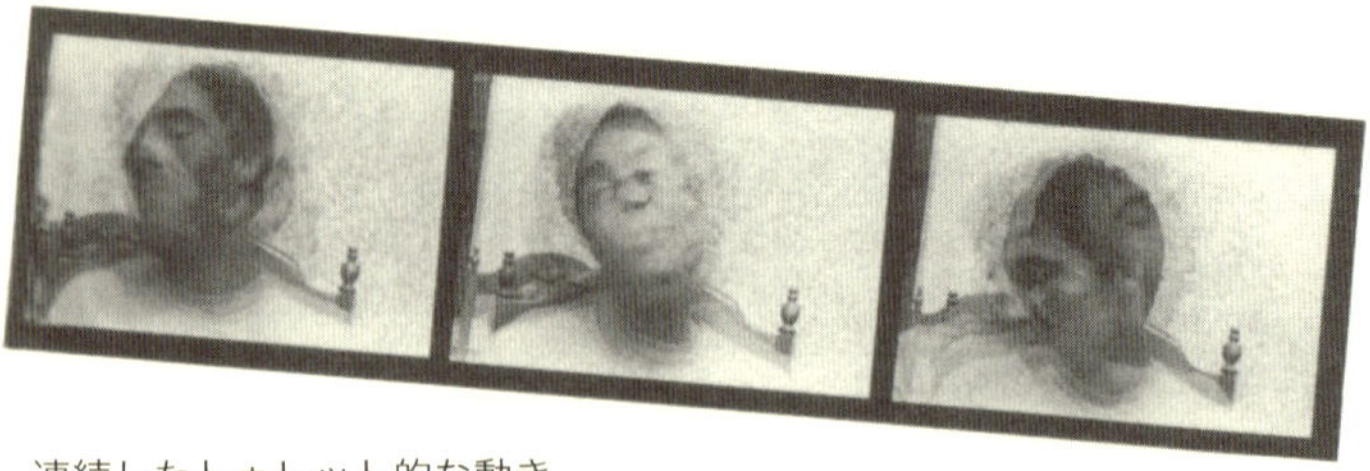
連続したトゥレット的な動き

持してくれた。そして、患者を紹介してくれた。僕は、ニューヨーク市に住んでいる、僕と同世代のかなり重症のトゥレット症候群を持つアート・ベイリーを取材することに決めた。

僕の挑戦は、この病気を写真――静止画――で表現することだった。アート・ベイリーの写真を撮る前に、その準備として、友人に暗い部屋で、トゥレット症候群の患者の動きを真似たポーズを取ってくれるように頼んだ。そして、ポラロイドカメラのシャッターを一分間開放したままにして、二〇秒ごとにストロボを発光して撮影した。撮影は暗闇の中で行なわれたので、フィルムに現れた映像はストロボが発光したときだけのものになった。つまり、動きが連続しているにもかかわらず個々の像は静止しているので、三枚の写真が重なり合ったイメージは、ドラマチックな映像となった。トゥレット症候群の人の最初でしかも不滅の物語をつくる準備は整った。アートの家には夜出かけ、数時間かけて写真を撮った。そして完璧な一連の写真を完成させ、それを拡大してライフ誌の写真編集者のジョン・ロアンガードに送った。彼は、一九五〇年代から六〇年代初期、ライフ誌が休刊されるま

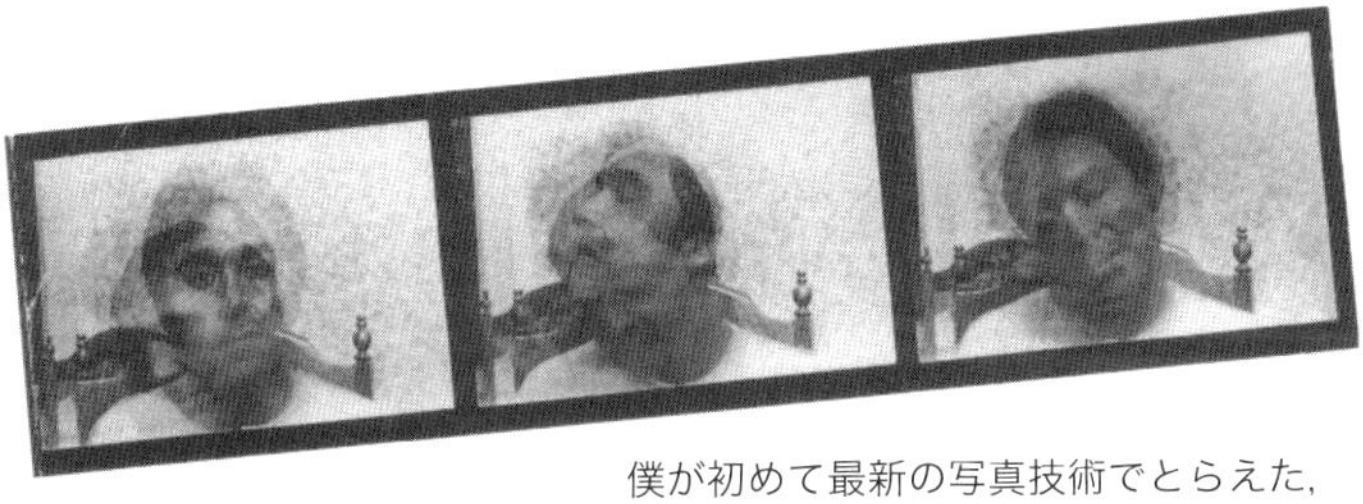

僕が初めて最新の写真技術でとらえた，

で活躍した伝説的写真家だった。ライフ誌は、一九七九年に彼を写真編集者として、再刊された。彼は大柄で、僕のような駆け出しの写真家を育てることに長けた人だった。はじめて写真を送ったその日、彼から会いに来るように言われた。そしてその日のうちに、仕事を託された。

　彼の事務所には、古いライフ誌、ノート、写真集が散らかっていた。「僕のアパートと同じですね」と握手をしながら言った。気分が高揚していた。この時まで、雑誌の仕事なんてしたことがなかった。そして今、この分野で最も著名な写真家の一人とライフ誌で働くことになったのだ。ジョンと僕は、記事の内容、誰を、どのように撮ればよいのか、また、報酬や助手を含む細かな点について打ち合わせた。「君は仕事を勝ち取ったんだ。もしこれから君が写真に撮ろうとしている人たちが、君の友人のこの若者のように表情が豊かなら、きっといい写真が撮れると思うよ」と彼は言った。

　難問は、誰の写真を撮るのか、どんな記事にするのか、ということだった。アビー・マイヤースに会い、僕たちが計画している仕事の内容を説明することに決めた。「社会的に成功していて、聖人のような忍耐力をもっているトゥレット症候群の人が必要なんです」と僕は言った。

僕は、その障害がたとえどんなに大変なものであっても、社会的に成功し、すばらしい人生を送っているトゥレット症候群の人を紹介したいと思った。アビーは、僕に、重症のトゥレット症候群をもった医学生のオリン・パーマーを紹介してくれた。彼は、ニューヨーク市のちょうど北に位置するベハラにあるニューヨーク・メディカル・カレッジの学生だった。

僕の電話にたいするオリンの最初の反応は、疑惑に満ちたものだった。彼は、僕が本当にライフ誌の仕事のために取材するのかどうかを確かめるために、編集者の名前と電話番号とを聞いた。数日後、僕たちは近くのバーで会った。オリンは、婚約者のジルと住んでいた。彼は理知的でありかつ魅力的だった。彼のまじめな態度は、その奇妙な動きや声にそぐわなかった。時々卑猥なことを言い、ユーモアのセンスもあった。

彼は、僕とほぼ同世代であり、薬もいろいろ試してきた。彼の症状は、突然動きやポーズが起こり、それが数秒間そのまま停止するという、トゥレット症候群の動きとしては、やや非典型的なものだった。それは、傍から見るものにとっても非常に奇妙なものだった。彼は、たいていの場合、患者の方が医学生の仲間よりも彼の症状にたいして非常に寛大だということに気付いていた。彼は医学部を志願したとき、いくつかの学校から、トゥレット症候群であるために入学を拒否された。

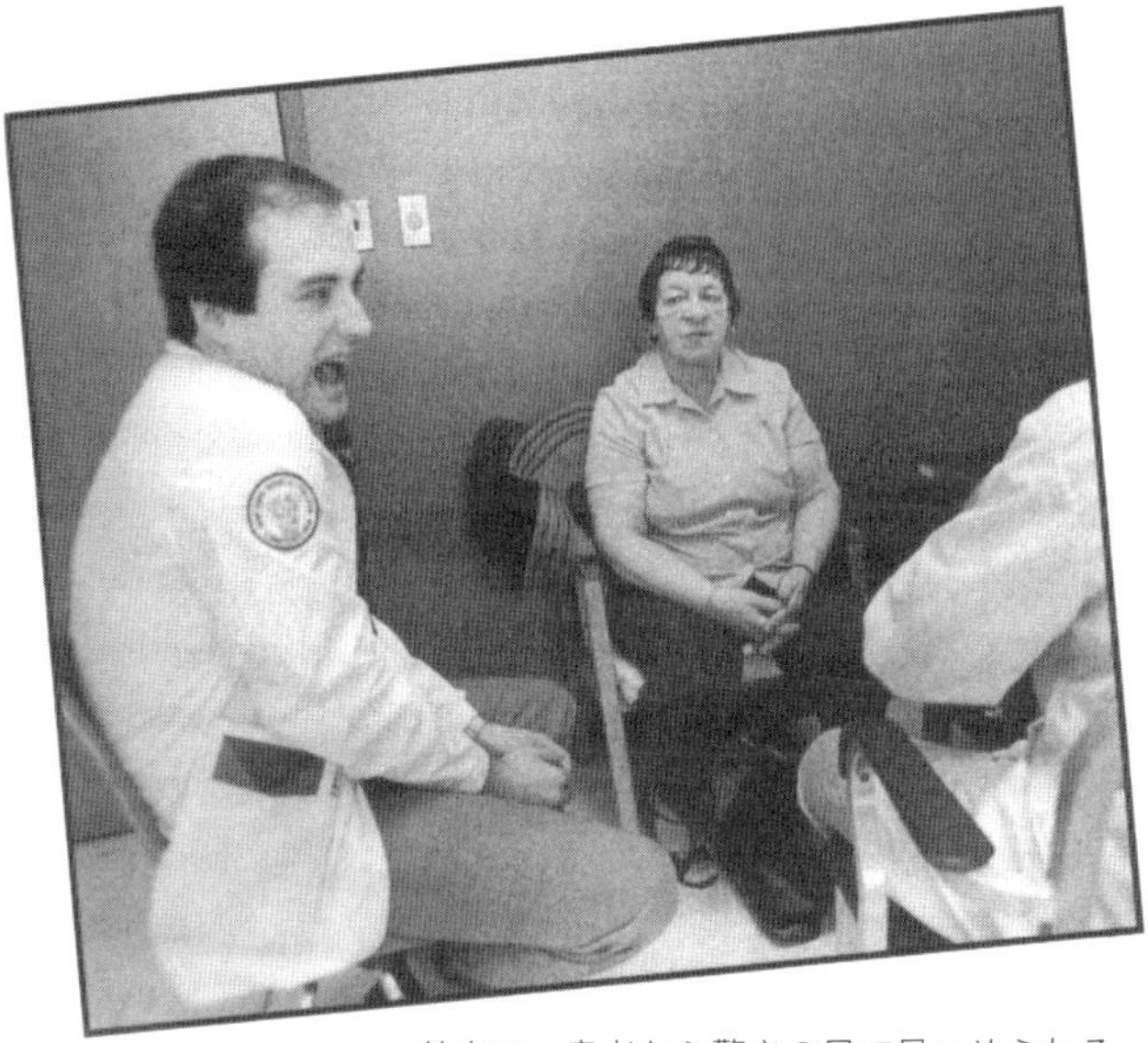

外来で，患者から驚きの目で見つめられる
オリン・パーマー医師のトゥレット的な動きと声

彼は学校の授業の困難さと他人の差別とに何年も苦しんだ。彼には明らかな学習障害があった。そのためにジルは、学習に必要な教科書を彼に大声で読んで聞かせた。僕は、すぐに彼に親しみを感じ、友だちになった。

　ジルとも親しくなった。彼女は芯が強く、しっかりとした女性で、彼のことはもちろん、彼が克服しなければならない障害を理解していた。彼女は彼を気遣っていた。彼をどのように描くのか心配していた。この病気が二人の関係に与える影響に話題が及んだとき、「私はぜんぜん気にしてないわ」と彼女は言った。これは、トゥレット症候群の人と住んでいる人からしばしば聞く言葉だった。近しい人たちは、奇妙な動きや音に慣れ、しばらくすると、それが当たり前になってしまう。僕は自分の長い経験でこのことに気づいていた。

一年以上にわたり二人に密着して写真を撮った。病院の回診、同僚との付き合い、患者の診察、そして、最後に、医学部の卒業という内容だった。

彼が最も困ったことの一つは、取材の後で聞いたのだが、女性患者を半裸で診察するときだった。彼は、患者を不用意に突ついたり、触ったりしてしまうことを恐れた。患者はたいていわかってくれていたが、時には厄介な状況が起こり得た。彼は、患者を安心させるために、診察の前にトゥレット症候群のことを説明しなければならなかった。以前、診察の時、彼が女性患者の乳房をつついた。その女性は非常にショックを受けた。そして、二人とも気まずい思いを味わった。彼は汚言も吐いた。頻発した汚言の一つは、『こん畜生』で、それを突発的に叫んだ。汚言症または人種差別に関する言葉や人の名誉を傷つけるような表現を含む突発的な毒づきは、トゥレット症候群の人々の約一五パーセントにみられる。科学者は、その原因を、考えや運動と同様に、脳が発する言葉を抑えることができないからだと考えている。トゥレット症候群の人々の汚言は、必ずしも怒りや憎しみを表出しているわけではなく、むしろ社会的に禁句である言葉が口をついて出てきてしまうのだ。そして、これらの言葉や表現自体は、すべて僕たちの社会にごく身近にみられるものである。僕たちの誰もが、人を軽蔑するようなことを考えるかもしれない。けれど、ふつう僕たちは、自動的にそれを口に出すことを抑える。もし道を歩いていて、一八〇キロの人を見れば、『でぶ』と考えるかもしれない。でも、その言葉を口にするかどうかは疑わしい。けれど、汚言症をもつトゥレット症候群の人たちは、それを抑えることができないのだ。僕は、汚言症がありレズビアンでもある、ニューヨーク市に住む女性を知っていた。彼女は両親と一緒に住んでいて、両親に自分がレズビアンであることを知られるのを恐れていた。彼女がしばしば繰り返し、大声で口をついて出た言葉の一つは、『ゲイ』だった。

あるトゥレット症候群の女性は、銀行の窓口に並んでいたときのことを思い出すという。魅力的な黒人男性が、紫色のセーターを着て彼女の前に並んでいた。彼女は、『紫の黒ん坊、紫の黒ん坊』と心の中で繰り返し、終にそれを大声で叫んでしまった。彼女はこの人に人種的偏見を感じていたわけではなかった。ただ単に、公言するのがはばかられる言葉を抑えることができなかっただけである。幸運にも、彼は状況を理解してくれた。

オリンのすばらしいところは、彼が自分の障害について、ユーモアのセンスをもって対処していることである。彼は、意味のない言葉を叫んでしまうのを止めることができないのを知っていた。そのことを、彼のことをわかってくれる人には茶化して話した。

ライフ誌には、実際に掲載されるより、ずっと多くの写真を準備する必要があった。不運にも、オリン・パーマーの記事は、『過激すぎる』ものとして、採用されなかった。僕はひどく失望した。

でも、自分の仕事を認めてくれる別のところをみつけようと思った。オリンの記事は不採用になったが、費用はもらった。

翌年、シティ・アイランドに住んでいる、オリバー・サックス博士に連絡をとった。この有名な神経学者の電話番号は、その当時ちゃんと電話帳に載っており、番号を調べて電話をし、自己紹介した。僕は彼に興味を持っていた。協力して仕事ができるかどうか知るために会いたかった。

サックス博士の著書『The Man Who Mistook His Wife for a Hat』(邦題『妻を帽子と間違えた男』)はベストセラーであり、この本の中の一つの章に、トゥレット症候群の人々の物語が載っていた。この中で、彼は、ドラマーのウッティー・チッキー・レイの例をあげている。彼は、パーカッションを演奏することで、自分の衝動を発散させ、またハロドールの『休薬日』をもうけることにより、薬により日頃抑えられている彼の激しい人格の一面を取り戻すことができている。また、サックス博士は、この病気が人格にまで重要な影響を及ぼしている、さらには重症で幻想的でさえある『スーパートゥレット』についても言及している。彼によれば、この種のトゥレット症候群は、患者を辟易、憔悴させ、さらにその人を彼のいう『トゥレット神経症』へと導くのだという。これは、僕がトゥレット症候群の人たちの生活について書かれた一般向けの本を読んだ最初だった。僕は、彼がそれまで多くの人々に知られていなかったこの病気を身近なものとして一般の人々に説明し、見識を与える仕事をしたと思った。僕は会う前に彼が一体どんな人だろうかと想像した。彼は、僕のトゥレット症候群の秘密を解き明かすことができるのだろうか。あるいは、それを消滅させる魔法を知っているのだろうか。

「僕はたった一人のトゥレット症候群の写真家です。そして、あなたはこの病気の人の生活ぶりを書いているたった一人の作家です。多分、ご一緒に何かの仕事ができるのではないかと思っています」と彼に最初に会ったときに言った。

数カ月後、共同作業のための用意ができた。トゥレット協会の会合で、数世代にわたり、トゥレット症候群に冒されている北カナダのメノナイト一家の話を聞いた。オリバーと僕は、互いに見合わせて、「そこに行こう」と言った。ライフ誌の編集者はオリバーと僕が一緒に働いているのを知って、オリバーを著者とした、新しい仕事を提案した。一九八七年、北米大陸の最北端の村であるアルバータ州のラクレーテに、僕たちは取材のため三週間とどまった。そして、オリバーの解説文がついた写真集が一九八八年九月に出版された。その後、それは国際的な写真出版社であるブラック・スター社から全世界に向けて出版された。

当時、ビジネス界の重鎮であるハワード・チャップニックは、ブラック・スター社の経営者であり、大志を抱いた多くのフォトジャーナリストが師と仰ぐ、尊敬の的だった。ブラック・スター社の写真家は、仕事のためならどんなに遠いところにでも行った。チャップニックに電話し、オリン・パーマーの写真集を世に出す機会を支援してもらおうと思った。それまで、僕はチャップニックと面識がなかった。連絡をとったが、数日間なんの音沙汰もなかった。秘書や助手のところで待たされているのだと思った。ついに、堪忍袋の緒が切れた。

僕は電話をかけ「ハワード・チャップニックさんをお願いします」と言った。

彼自身が電話に出たときの僕の驚きを想像できるだろうか。「ハワードです」凛とした、けれど友好的な声だった。自分が写真家であり、作品を見てもらいたいことを伝えた。「水曜日の午前十時に会いましょう」と彼は言った。

彼は、六十代前半で、背が高く、特徴のある声と容姿だった。矢継ぎ早にてきぱきと質問し、しかもその態度は友好的だった。オリン・パーマーとトゥレット症候群を題材にした写真集を見せた。さらに、僕のほかの一連の作品も見せた。彼は僕にその病気について聞いた。彼がトゥレット症候群についてどの程度知っているかわからなかった。けれど彼は、「写真集は、構成的にも技術的にも非常にすばらしい。君のことを『ポピュラー・フォトグラフィー』のコラムに書くことにしよう」と言ってくれた。僕は有頂天になった。コラムは数カ月後に掲載された。その後、彼との友好は、彼の引退後も長く続いた。ブラック・スター社はオリンとトゥレット症候群の物語を採用した。それを健康と医学を対象にした雑誌のヒポクラテス誌に載せた。数カ月後、僕の記事は、ハワードの推薦で、イタリアの雑誌モダやブラジルの雑誌マンシェットにも載せられた。作品がまとめられた後、僕はブラック・スター社の契約写真家となった。

その頃、僕は、専門家として初めて大きな成功を経験したが、私生活では困難に直面していた。それは、僕がオリンとジルとを撮影する最終日の前夜だった。一年計画の仕事が完成する満足感を感じていた。できあがった作品のことを想像していた。自分の初めての作品を、頭の中で、過去のライフ誌の偉大な作品と比較していた。そのとき、電話のベルが僕の白昼夢を中断させた。それは、弟のエバンからだった。彼は、僕が以前一緒に住んでいたアパートにまだ一人で住んでいた。「ロウェル、明日の朝、九時に入院するんだ。白血病になってしまったんだ」僕はショックで思わず受話器を床に落とした。

僕は、台所の床から、「ロウェル」というエバンのこだまを聞いた。彼は、数日間、軽い発疹と疲労感とのどの痛みがあった。「医者に行って検査をしたんだ。そして今日、急性骨髄性白血病だと言われたんだ」僕は極度の恐怖の中にいた。彼が現代医学の中で最も苦しい治療を受けなければならないことが信じられなかった。

一九八五年の秋、彼が診断を受けたとき、僕は、僕たちが兵も、弾薬も、希望もない戦の前夜におかれているように感じた。彼は、治療を始めると、家族を含め親しいすべての者を退けた。彼のガールフレンドのジャッキー・レインゴールドは、彼と彼の外界との防波堤だった。彼女は、一日に十二時間病院で過ごした。ときどき、彼と共に病院のベッドで寝た。彼女がいないときは、誰も病室に入ることが許されなかった。彼は、両親や僕でさえ、訪問者を好まなかった。ジャッキーとエバンは、自然食療法を始めた。医者にたいして乱暴な態度を取り始め、完全な説明を受けないかぎり、いかなる医療をも受けようとしなかった。

数カ月の化学療法でみられた軽快・再発の後、彼の命を救う最後の方法は、骨髄移植しかないと思われた。彼と両親は、移植の成功例が多い、バルチモアのジョン・ホプキンズ病院に移った。家族全員に、骨髄の適合性が検査されたが、全員適合性はなかった。彼は自家移植することにした。彼自身の骨髄を採取し、処理し、再度、自分の体に移植した。この方法は、彼の救命にたいする最後の希望だった。緊張と不安の連続だった。

病院を訪ねたときはいつも、緊張した。その結果、僕の病気の症状が悪化した。初めて彼を見舞ったとき、僕のチックにたいし、職員から厳しい表情をされ、エバンも僕のチックを我慢できなかった。移植直後の彼の免疫機能は新生児程度だったので、隔離され、誰も接触することが許されなかった。でも僕は、トゥレット症候群のために彼の足首に繰り返し触わるのをやめられなかった。それが弟を怒らせ、彼は僕をあたかも厄介物でもあるかのように扱った。看護婦（師）はそんな僕を不思議そうに見て、「いったいどうしたの？」と聞いた。

「神経の病気があるんです」と僕は答えた。エバンは「ロウェル、たぶん彼女は、『神経の病気』の意味さえわからないんだよ」と怒って言った。僕は、どうして病院の看護婦（師）がこの病気を知らないんだろうと思った。

僕がトゥレット症候群だと診断されてから五年後にエバンの病気が始まった。その頃、僕は自分の病気を受け入れることに一生懸命だった。彼の病気は、僕の悲しみと絶望に追い討ちをかけた。

オリンとジルは、彼らの最後の撮影のとき、僕を非常に気遣ってくれた。医者、セラピスト、トゥレット症候群の仲間として、オリンは、僕たち家族がこれから何をすればいいのか適切なアドバイスをしてくれた。また、不安でいっぱいの僕に希望を与えてくれた。

この間、エバンは宗教と自分の死について、深く考えていた。僕たち家族は、ユダヤ人であり、懐疑論者だったが、キリストの教えが彼の頭を支配していた。「イエスは、人がどのような態度をとるのかを見るために試練をお与えになると言う。でも、僕はそれを信じない」と彼は言った。僕は彼に、病院へ来るときに乗った電車の中での出来事を話した。僕がチックを連発していると、若い女性が近づいて来て「信ずるものは、救われる」と言ったことを。

「なぜ、キリストは条件をお付けになるんだろう」彼は続けた。「なぜ、人をお試しになるんだろう。もしキリストが今晩ここへ来てくださるなら、大歓迎するだろう」死期が近づいたと考え、彼はますます神を信じるようになった。僕は、「死が近づいたら誰でも神を信じるようになる」という言葉を思い出した。彼自身、たとえ無条件で神を信じることができなくても、神が彼を愛し、そして無条件で救ってくれることを、信じたかったのだ。

ある晩遅く、僕は何度目かの化学療法をしている彼を訪ねた。スローン・ケッテリング記念病院の二〇階の彼の部屋の番号を確認しながら、僕は静かに近づいた。患者たちは眠っていた。ロビーで花を買い、こんなに大変な状況下でも、弟に会うのを楽しみにしていた。部屋の中を注意深く覗き込んだ。そこには胎児のように赤い顔をした男が、手足と体を丸めて横たわっていた。ずんぐりして、背が低く皺だらけだった。部屋を間違えたかと思い、そこを離れようとしたとき、僕は彼の聞き覚えのある声を聞いた。

「ロウェル、僕だよ」

僕はショックを受けた……エバンだとわからなかったのだ。


六カ月後、彼の病気は軽快し、退院した。その後、彼は外来で治療を続けた。僕たちはアッカーマン研究所に通い始めた。そこは、病気の末期の人々を支援する特別プログラムをもつ家族療法センターだった。プログラムのディレクターである、僕たちの担当のセラピストは、非常に背が高く、痩せたジョン・パットンというオーストラリア人の医者だった。彼は、冷静沈着なすばらしい治療者だった。そして、もし僕たちの中の誰かが異常に興奮したり声を荒げれば、彼は、適切な時間と距離を置いて、その場の雰囲気を和らげた。

僕は、ある時おこった一つの場面を生き生きと思い出す。その時、パットン医師とエバンは近くに迫った死について話し合っていた。冷静で落ち着いた態度で、パットン医師は、僕たち全員に、エバンと別れの挨拶をするように言った。部屋にはエバンの他に両親がいた。妹のリリアンは、ペンシルベニアからわざわざ会いに来た。そして、僕もいた。静かな中にも緊張した雰囲気だった。悲しみが漂っていた。彼は僕たち全員と抱擁し、心の丈のすべてを話したがっていた。父はエバンとは反対側の椅子にすわり、メガネをとり、ハンカチで顔をぬぐっていた。母は、エバンの隣で彼の右手を握り、髪の抜けた頭をなでていた。「僕は、みんなをとても愛してるよ」エバンは嗚咽した。「こんなことになってごめん」彼は、部屋の中を歩き回り、僕たち全員と別れの挨拶をした。リリアンは嗚咽をこらえて涙した。エバンが最後の別れの言葉を言ったとき、僕たちはすすり泣いた。そして、彼が死出の旅の準備をしているそのときに、僕は、自分が健康で、撮影旅行の計画を立てていることに罪悪感を感じていた。

エバンの病状が重くなるにつれ、家族の中の彼と僕の役柄が交代した。彼はしだいに僕たち家族を支配するようになった。家族療法だけでなく、彼の治療法についても指揮しはじめた。

彼の治療中、僕の症状は目に見えて悪くなった。キック、叫び声、他人の顔へのタッチとまさにチックの雨嵐だった。それは混乱と動揺の表出だった。僕はエバンを愛していた。僕たちは、家を離れて数年間ルームメイトとして暮らした。そして共通の友人を持っていた。彼が僕と一緒にいたくないと言った時、僕は兄としてだけではなく、友としても拒絶されたと感じた。「だって、兄さんのチックはどうしてもがまんできないんだ」と彼は正直に言った。

「おまえは癌なんだから、僕はおまえの傍にいるべきじゃないんだ」とやや皮肉をこめて言い返した。僕は抑えようもなく嗚咽して、助けを求めるようにパットン医師の方を振り向いた。僕たちは皆、彼の執り成しを求めていた。パットン医師は、一方の手をエバンの肩に、他方を僕の肩においた。

「どう思うんだい」とパットン医師は聞いた。

「非難されたと思う」とエバンは答えた。

僕は、数日前の夜の夢を語った。

「真夜中だった。僕は、驚いてベッドから飛び起きたんだ。夢の中で僕は、墓の中に仰向けに寝かされて、みんなにシャベルで土をかけられていた。生きたまま埋葬されようとしていたんだ」エバンは、怒りと不安の入り混じった赤く緊張した顔で、正面にいる僕を厳しいまなざしで見つめていた。彼も泣いていた。かつて一家の中心だった両親は、互いに傷ついた二人の息子を悲しく見つめていた。父と母はおびえた子どものようだった。エバンと僕は、人生の重みをすべて背負った年老いた兄弟のようだった。パットン医師は僕たちに、立ちあがって互いに顔を見合わせるように言った。

「あなた方は兄弟ですね。互いに愛しあっていますか?」とパットン医師は聞いた。

エバンと僕は同時に「はい」と答えた。僕たちは抱き合って泣いた。最後に僕は、「エバン、僕が悪かったよ」と言った。

今まで僕は、どこか『具合の悪いところ』がある兄だった。家族全員の注意が自分に向けられていた。エバンが瀕死の床にある今、僕はむしろ自分は健康だと感じている。でも、すべてが彼を中心に回っていることに、たぶん嫉妬を感じているのだろう。家族の中で、弱く不利な立場にあることは、最大の力を持つことにもなりうるのだ。病人は、統治者にも暴君にもなりうるのだ。彼の命が長くないことを知っていたので、家族全員がエバンのいうことに耳を傾け従った。年長の人がそうであるように、彼は尊敬されるようになった。同時に死がもつ力を行使するかもしれないということで、恐れられるようになった。

エバンは必然的に、自分の病気の最大の宣伝マンになることを学んだ。彼は自叙伝の主役にもなり、オフ・ブロードウェイで自伝的一人芝居を行ない、やんやの喝采を浴びた。その芝居『Time on Fire』は、困難な状況にもかかわらずそれに立ち向かう、まさに人生の戦いの物語だった。両親、妹、僕は、互いに協調の精神を学んだ。エバンの骨髄移植は成功した。彼の病気は治った。パットン医師はエイズで死んだ。僕はオリバー・サックス博士と数カ月間にわたる取材の旅を始めた。ライフ誌用に撮影したアート・ベイリーの写真は、世界中で出版された。それは、パリのグランド・パレで開かれた芸術と科学の発展二百年を祝う展覧会の作品の一つとしても展示された。オリンは、メリーランドのフレデリックで、精神科医として成功している。ハワード・チャプニックは、脊髄側索硬化症（ルー・ゲーリック病）になり、この本の執筆中に亡くなった。僕の家族は今生きていることに感謝している。そして、これまでの痛手からの回復にたとえ何年かかろうとも、僕たちは、最小の悲劇と最大の希望を将来に託したいと思っている。

第六章
トゥレット症候群のジェット族

僕たちは、トゥレット症候群およびそれに伴う症状の影響をいかに受け、どのように支配されているのだろうか。僕たちは単に体という衣を着た囚人なのだろうか。トゥレット症候群が事実を歪め、自由な意志を妨げるのだろうか。症状は誇張された意志の表出なのだろうか。オリバーが言うように、『生そのもの』を創造しているものなのだろうか。それとも単なる運動障害なのだろうか。トゥレット症候群は、病気のもつ『意志』とその要求するものが病気のまわりのすべての現実を歪めてしまうのだろうか。

オリバーと一緒に働き始めたとき、どうして彼がトゥレット症候群の人たちにそれはどの関心をもつのだろうかと思った。単に物好きか、それとも、心の広さからくるのだろうか。僕たちは真の友人なのか、それとも単に医者と患者との関係なのだろうか。一九八八年、神経学者であり、

『Awakenings』（邦題『レナードの朝』）のベスト・セラー作家であるオリバー・サックス博士は、彼のお気に入りのテーマの一つであるトゥレット症候群に関する数カ月の研究・探求の旅へ出ようとしていた。

　トゥレット症候群の人たちは、しばしば、困難な社会状況の中でうまくやっていく、素早い機知と優れた知的能力をもっている。当時の僕の症状は小康状態だった。それは、僕たちが取材で会った数人のトゥレット症候群の人たちに比べ悪くはなかったが、やはり目立った。僕は触覚に執着していた。人にも物にも触りたかった。もし左手で触ると、対称性を満足させるために、右手でも触らなければならなかった。突然大声でぶつぶつ言ったり、口を鳴らしたり、舌を鳴らした。同時に、突然うでを突き出したり、足を踏み鳴らした。こうした動きは、せいぜい一〜二秒続くだけである。したがって、僕は他人から受ける反応の方が、病気から受けるもの以上に不快感を感じた。このようなトゥレット症候群のチック症状がでたあと、僕はいつも誰かに見られていないかどうかを気にしてはあたりを見回す。そして誰かが僕のことを見ていることがわかったら、挑戦的に見返すことにしている。けれど、それは他人の不快感や当惑を助長するだけだった。

　オリバーは、顔中に胡麻塩髭のある大男だった。彼のシャツのポケットは、いつもペンでいっぱいだった。そして、腰痛防止のためのクッションと項目別に分けたノートを何冊か持っていた。みんなが僕に「オリバー・サックス博士はトゥレット症候群なんですか」と聞いた。彼は基本的にはトゥレット症候群ではなかった。けれど、ぎこちない朴訥とした話し方と突然出現する反復的な動きから類推すると、彼はある種の軽い神経の病気をもっていた。それが彼の深い探求心と関係していた。トゥレット症候群の人たちは、彼に気軽に話した。

トゥレット症候群の探求の旅を通して，親友になったオリバー・サックス博士

オリバーは、トゥレット症候群をもっている僕たちのことを『トゥレッター』と呼ぶのを好んだ。事実、彼はこの言葉の名付け親だった。この呼び方を好む者もいれば嫌う者もいる。でも、彼はそれには無頓着だった。僕は彼にありのままに自分のすべての衝動とチックを見てもらおう

と思った。二人の長い旅行の間に、フェニックスとアトランタでは一卵性双生児、カリフォルニアでは汚言症の作家、ロサンゼルスでは元拒食症の患者、ニューオーリンズでは、テレビショー『スター・トレック』にとりつかれているビジネスマンに会うことになっていた。

オリバーと僕は、オーファン・ドラッグ法制定運動のときに知り合いになった、ウエスト・ロサンゼルスのミュリエル・セリグマンの家で落ち合うことにした。ミュリエルは不在だったが、オリバーと僕は、ウエストウッドが見渡せる彼女の高層アパートで、一週間過ごした。彼と僕は、彼女の息子、作家兼音楽評論家で重症のトゥレット症候群をもつアダムの客となった。

「やあ、ロウェル、ファック、カント、シット、元気かい」オリバーとアダムは、以前にも会ったことがあった。そして、親しげに話していた。僕は、アダムに、汚言症を含めた彼の症状の経過について聞いた。

「一九八〇年、ファック・ミー、汚言症が、ちょうど、再発したんだ。六年間消えてたんだけどね。九歳から十一歳までは、『嘘つき』という汚言だったんだ。これは公立学校で言うには適当な言葉だったね。僕は、『嘘』および『嘘つき』と言ってたよ。そのとき、ほかの汚言はなかったんだ。十七歳のとき、『嘘つき』『ファック』『乳首』という言葉になり、十八歳のとき、『おまんこ』という言葉が始まったんだ」

今後また、アダムは、彼の汚言集の最新版を僕たちに教えてくれるだろう。「汚言症が最初に始まったのは、ロドニー・キング裁判の最中だったんだ。まず『黒ん坊』という汚言がでた。これにはショックだった。トゥレット症候群の症状についての僕の説は、この病気の人たちは、プレッシャーが異常に蓄積し、それがある行為によって発散されるんだと思う。その行為とは、運動、音声、強迫行動または強迫思考のことなんだ。もしこのプレシャーを解放しないと、それが異常に蓄積し、まさに爆発するかのように感ずるようになるんだ。それを横隔膜や首におきる小さなチックや自傷行為として経験するんだ。最悪なのは十四歳のときだった。口腔チックがあった。文字どおり、自分の歯で歯茎に穴をあけてしまった。そして手術を受けなければならなかった」とアダムは言った。

このように大変な状況にもかかわらず、アダムは、彼の仕事を支援する仲間たちの協力のお陰で、歯切れの良い作家兼優秀な音楽評論家として働いていた。彼の仕事は在宅で出来ることだったので、自分の病気をうまく隠すことができた。

アダム、オリバーと僕の三人は、話をしながらウエストウッド周辺を散歩した。最初、オリバーは、極端に遠慮していた。僕に病気のことを聞くのを非常に失礼だと感じている様子だった。僕はオリバーの長い胡麻塩の髭を抜きたい衝動に駆られた。でも、それは、もっと親しくなるまで待たなければならないと思った。オリバーは話に疲れると、しばしば、植物との触れ合いで気分転換をした。彼は、医者という職業を選ぶ前に、植物学者になろうとしたのだそうだ。そのためか、僕たちをしばしば植物散策に誘った。

「ちょっと待って、これが蘇鉄の一種だよ」と彼はトゥレット的な素早さで言った。僕たちは美しい芝生と植栽のある家の前で立ち止まった。彼は小さな椰子に似た裸子植物の一種を指差した。腰をかがめ、その植物に顔をよせながら「愛らしい」と繰り返した。その植物の香りを嗅いで、小さな葉っぱを摘んだ。僕は、一二五キロもある髭面の男が植物に顔を近づけて、その香りを嗅いでいる姿をこの家の住人が見たら、どのように思うだろうかと考えた。

彼は、数学、特に幾何学にも興味を持っていた。僕たちは通行人に町のある場所への道をたずねた。「ベル・エアーへはどう行ったらいいんですか?」と彼は聞いた。その人は、目的地への道をくどくどと説明した。彼は、いとも簡単に「それは、二等辺三角形の二辺ですね」と言った。

「オリバー、あなたにかかると、なぜすべてが幾何学の授業のようになるんですか?」と僕は聞いた。彼はそれには答えず「ここで左へ行こう、すると台形になるよ」と言った。

「あなたたちは、まるで夫婦のようですね。ファック・ミー、家へ帰りましょう」とアダムは言った。

オリバーと僕がミュリエルの二つの寝室を使わせてもらっているあいだ、アダムはサンタ・モニカのアパートに住んでいた。ミュリエルとアダムは、共に、トゥレット協会の南カリフォルニア支部を育てた立役者だった。アダムは僕たちをカリフォルニアのデュアルテにあるシティ・オブ・ホー

プという医療センターで近々開かれる支部会に招待してくれた。オリバーは以前ディビッド・カミングス博士と、その医療センターで開かれている支部会のうわさを聞いていた。そして、以前からそこを訪問したいと考えていた。オリバーはこの経験を一遍の作品にしたいと思っていた。そして、僕がその一端を担うことを望んでいた。僕たちは、翌朝会う約束をして、寝る前の挨拶を交わした。

僕は、新しい場所では誰もがそうであるように、浅い眠りだった。そして、奇妙な夢で目覚めた。僕たちが車に乗ったとき、「オリバー、僕は夕べあなたが大きなキャンバスに絵を描いている夢を見たんです。そばで僕がそれを見ていました。詳しいことは覚えていません。でも、あなたは絵筆を持っていて、その絵は美術館に展示されることになっていたんです」と僕は言った。

「ロウェル、私はいつも君といっしょに絵を描いてるんだ」彼は言った。「私は自分だけで描くことはないよ、それは君もわかってるだろう」

「僕もそう思います。でも、夢の中では、あなたが一人で絵を描いていたんです」と僕は言った。

「さっそく、夢占いをしてもらおう。自動車電話でボブ・ロドマンを呼んで見よう」と彼はどもりながら言った。ロバート・ロドマンは、パシフィック・パリセイドに住む精神科医だった。そして、彼の妻の癌との戦いについて書いた『Not Dying』の著者でもあった。僕は、ときどきトゥレット症候群の人たちにみられるように、夢とそれが意味するものに固執した。

ボブが家にいないのを知ると、「私はその夢を全く気にしてないよ」とオリバーは言った。そして、「ちょっと、我々二人で絵を描いている姿を想像してみようじゃないか」と付け加えた。

その後僕たちは、ウエスト・ロサンゼルスに戻った。そこで、アダムに会った。彼は、友人とアパートの外に座って話をしていた。

「こちらはジュリーです。彼女もトゥレット症候群なんです」とアダムは言った。ジュリーは、二十代前半の魅力的な女性だった。小柄で、長く、明るいブラウンの髪をしていた。ジュリーと僕はシティ・オブ・ホープの支部会に出席する計画を話し始めた。彼女は極端に痩せていた。僕は、彼女が拒食症からの回復期で、この数カ月で体重が九キロ増えたことを知った。彼女は、痩せてはいたが非常に活動的にみえた。彼女の会話は、軽快で歯切れが良かった。僕たちはドライブに行くことに決めた。アダムが運転し、助手席にオリバーが座った。僕はジュリーと後部座席にすわった。

話が途切れたとき、ジュリーが僕の太ももに手を置いているのに気づいた。彼女の手は、単に置かれているだけではなかった。僕の太ももにアラビア数字の八の字をなぞっているのだった。それは、いくぶん奇妙だった。でも、黙っていた。彼女は描きつづけた。僕は彼女の手がそこに置かれていることに無関心を装った。それが愛情の表現なのか、トゥレット症候群の症状なのか、あるいは何かほかに原因があるのかわからなかった。その夜、ミュリエルの家に戻ってから、僕は彼女に八の字のことを聞いた。「それは、頭に浮かんだものなんです」彼女は言った。「頭に浮かんだものを描きたくなるんです。はじめ大雑把な輪郭が浮かんで、それを少しずつ形作るんです。それから、ちがった方向から八の字を描き、それに茎をつけると、花になるんです。私はそれをすべて頭の中でするんです。それは、鉛筆なしで描ける、ゲームのようなものなんです」

次の朝、僕たちは、ロサンゼルスから約一時間の砂漠地帯にあるシティ・オブ・ホープに行くことになっていた。到着すると、ディビッド・カミングス博士夫妻が迎えてくれた。博士は、医療センターの遺伝学者で、トゥレット症候群の有名な研究者だった。約百名がその会に出席した。ジュリーは常連だった。専門家による講演の前に、カミングス博士は聴衆にオリバーと僕とを紹介し、さらに僕たちの全米旅行について説明した。全体会の後、僕たちは、通常『ラップ・グループ』とよばれている分科会に出席した。そこでは、彼らが日頃悩んでいるトゥレット症候群についての問題を議論した。博士は、この分科会の司会をつとめていた。そこで僕は、ジュリーが動きや音のチックだけでなく、強迫性障害があるのを知った。だから、彼女は八の字を自分の気が済むまで描かなければならなかったのだ。たぶん、ほかの強迫性障害の患者と同様に、ある行為を気が済むまでしないと、悪いことが起きるのではないかと感じていたのだ。僕は壁やテーブルや椅子やドアをいつも蹴っていた。それは、やろうと思ってするというよりも、むしろ止めることができなかったのだ。物を壊さないで、蹴るのがどんなにむずかしいことか試していた。ときどきアパートの壁を蹴破ってしまった。僕はジュリーに共感した。そして、自分が彼女と同様のある種の抗しがたい衝動があることに気づいた。

ジュリーの話がすんだ後、僕はカミングス博士に注目し始めた。彼は白髪でいかにも好奇心旺盛にみえる、五十がらみの背のかなり高い人だった。彼のトゥレット症候群の人たちにたいする関心と貢献は昔も今も大きかった。彼の妻は六〇年代に流行った長いブーツを履いていた。僕は、彼女にとって、その分科会はかなり退屈だろうと思った。カリスマ的科学者としてのカミングス博士と、シティ・オブ・ホープの自己中心的な雰囲気を感じずにはいられなかった。ここにいる人々のほとんどが彼の弟子のようだった。そして、リーダーと共通の興味と信念をもつ人々の集まりという意味では、ほかの組織とほぼ同様だった。多分、どこの学派、医療センター、ビルの事務所にも、それぞれ権威者とその支持者がいるのだろう。

会が終わると、ジュリーと僕は、互いに目配せした。彼女は、愛らしく、友好的だった。僕たちは互いに意識しあっていた。アダムの車に戻ると、ジュリーは再び八の字を描き始めた。僕はいつも、自分と同じようなトゥレット症候群の女性と恋するのを想像していた。セックスと睡眠の時間だけが、トゥレット症候群の人たちが音や動きから解放される数少ない時間である。そして、それがセックスの価値をより高めているように見える。アダムがミュリエルのアパートで僕たち全員を車から降ろした頃には、二人は互いに親密になっていた。オリバーは、ジュリーにいろいろな質問をしたがった。僕はそれに興味がなかった。三人は、共通の話題を議論するために、そこに残った。

「私は、それをコントロールできる、コントロールできるのよ」ジュリーは彼女の衝動的行為についてそう語った。「私は、誰にたいしてそれができるのか、また、いつできないのかがわかるのよ」オリバーは興味をそそられて、さらに彼女に聞いた。僕は二人の会話を長時間聞いた。けれど、夜が更けるにつれ、落ち着かなくなった。僕は彼女が医者の学問的好奇心による質問から解放されたいと思っているのがわかっていた。テレビを見るためにいったん自分の部屋に行った。それから、彼女を自分の部屋に連れていくために部屋から出てきた。

「もう遅いから、そろそろ休んだら、オリバー」と僕は言った。ジュリーは察した。

「ああ、疲れたわ」彼女は言った。「今夜はもうこれで充分ね」僕はジュリーと二人で自分の部屋に入った。そして朝まで出てこなかった。

次の日、ジュリーが帰った後、「君は私を急き立てた。私はそういう行為は好かん」とオリバーは言った。彼は僕が彼女との会話を中断させたことを怒っていた。彼は、僕が彼女と付き合うために、彼の科学者としての立場を邪魔したことに気分を害していた。僕は、いつも常識的な考えに基づいて行動しようとは思っていなかったので、自分の気持ちのおもむくままにしただけだった。オリバーと僕は、基本的にはうまくやっていた。けれど、多少緊張する場面もあった。僕は、それが今回の使命における二人の立場の違いによるもので、性格の違いによるものではなかったと思う。彼は科学者兼作家であり、僕は写真家だった。同時に、探求と発見という期待を持っていた。すなわち、自分が望んでもいないことをしなければならないという、この病気を持つ人間としてのごく当たり前の疑問にたいする答えを探そうとしていた。なぜ突然叫んだり、奇妙な動きをするのだろう。これは、病気とはいえ、僕にとって、とても不思議なことだった。僕は、彼女との一夜の経験から何かを学んだ。トゥレット症候群の人とのセックスは、その病気をもたない人とのそれと特に変わったものではなかった。僕たちトゥレット症候群をもった人間の社会では、たぶん性的欲求がふつうの人たちより強いのだと思う。けれど、希望、失望、喜びなどは、トゥレット症候群をもっていない人たちと同様にもっている。結局、同じ人間の社会なのだ。僕たちは、誰もが持っているような願い、楽しみ、絶望、希望をもっている。僕はジュリーが好きだった。単純に好きだったのだ。

よく晴れた二月の午後、オリバーは、二十年以上前、彼がカリフォルニア大学の神経学講座のレジデントだった頃住んでいた家に一緒に行こうと言いだした。トパンガ・キャニオンはロサンゼルス市から近い、いたるところみずみずしく草花が生い茂る、絵のように美しい渓谷である。オリバーは生来の植物学者としての血がよみがえり興奮した。そして「金連花だ！　車を脇に止めて、ロウェル！」と叫んだ。僕には道端の雑草のように見える植物を彼はレタスの一種の食用ハーブだと説明した。車のドアを開けたまま道端にかがみ込んで、それを口に入れながら「うん、うまい」と言った。僕もいくつか試食した。そして、それが本当においしいものだと知った。渓谷をしばらく走った後、僕たちは、昼食のため車を止めた。冷たいビールとサンドイッチを食べながら、オリバーは、ここでの生活が必ずしも楽しいものではなかったことを話してくれた。彼は、自分の不摂生な生活に悩み、孤独だった。彼は、当時、大きなオートバイに乗っていた。マスル・ビーチでウエイト・リフティングもしていた。ある春の日、彼は、両足の機能をなくした若い女性を、バイクに乗せてピクニックに行くために、大学の外来に呼んだ。それは、大学では異例のことであり、周囲は眉をひそめた。でも、彼が素晴らしいのは、深い憐憫の情と広い心をもっていることだった。今彼は五十代後半であり、社会的に非常な成功者である。けれど、今なお初心を忘れないように心がけているのだった。彼は、今や、社会の参加者というよりも監督者ではないだろうか。

僕たちは、昼食を終えてから、再びこの渓谷の特徴であるだらだらと上下する道路を先に進んだ。彼の昔住んでいた家は、袋小路の奥にある中二階の簡素な建物だった。周りの環境はすばらしかった。僕たちが家を眺めていると、彼は「人生なんて瞬く間だよ。二十年間変わり映えもせず過ごしてしまった自分が恐ろしいよ」と言った。彼の気持ちは動揺していた。高揚したり、落ちこんだり、さまざまに揺れ動いていた。僕は、論理的思考をし、社会的に成功した人がこのような態度を見せるのを奇妙に思った。けれど、僕を信じて、心のうちを打ち明けてくれたことに感動した。僕もしばしば、自分がオリバーの企画の参加者というよりも観察者を演じている。彼の反復行為、特に彼のぎこちなくつかえるような話し方や植物を観察する時に突然ジャンプするような仕草は、他人に彼をトゥレット症候群ではないかと思わせた。彼が僕たちトゥレット症候群の患者に親近感をいだいている理由がそこにあると思う。人は誰でも、現状を打開したいという願望がある。いつも様々なものに興味を持つ傾向がある。どんなに内気な人でも、他人からあまり規制を受けたくないものである。トゥレット症候群である僕たちは、公式の場所でも、衝動を抑えられないのである。僕は、かつて、一人の友人が、「ロウェル、誰だってトゥレット症候群をもっているようなものだよ。僕だって、悪態をついたりキックをしたいことがある。僕たちには誰にでも、そういう衝動があるんだ」と言ったのを思い出す。

　オリバーと僕がその渓谷を、すなわち、カリフォルニアを離れるときがきた。僕たちは車でフェニックスに行く予定だった。そこでまた別のトゥレット症候群の人たちと会うことになっていた。

僕たちはネバダを通り、北アリゾナに向かった。そこは、今まさに花盛りを迎えようとしている砂漠のまっただなかだった。翌日、僕たちは、トゥレット協会のアリゾナ支部の会員の家で開かれる会合に出席するため、スコットダイルに向かった。そこでの会合にも多くの人々が出席した。僕たちは時間が許す限り、話し合いをした。

集まった人たちの中に、十一歳の一卵性双生児の少年たちがいた。二人ともトゥレット症候群だった。オリバーは彼らの考え方に興味をもった。トゥレット症候群には強い遺伝的傾向がある。そのため、この病気はしばしば同一家族内に現われる。僕たちは多くのトゥレット症候群の兄弟や姉妹に会った。それでも、双生児はめずらしかった。

ジャレッドとジョエルは、明るいブラウンの髪を短かく刈った、笑顔のすてきな背の高い少年たちだった。彼らの両親であるアンダーソン夫妻は、僕たちが彼らと個別に話すのを許可してくれた。ジャレッドとジョエルは、トゥレット症候群の軽い例だった。僕の感覚では、病気というより単に『違っている』という程度だった。彼らには、ときどき、単に過剰なエネルギーをもっているというように見える部分があった。「僕は、行動するために、普通の人より余分に充電されているんだ」とトロントからきた一人のトゥレッターが以前僕に言ったことがある。ジャレッドとジョエルは、そのような突飛な考えは持っていなかった。彼らは、自分たちが病気を持っているとは考えていなかった。ジョエルは叫び声をあげた。けれどそれは耳をつんざくようなものではなく、高音で、ほんの一瞬だった。二人の少年は、手をかなり動かしていたし、チックと疑われる行動もあった。ジョエルは、腰のところで、体を捻っていた。けれど、それもほんの一瞬であり、すぐ元に戻っていた。彼らとの会話の中で、彼らが一番困っているのは、制限時間内に試験を受けなければならないことだと話してくれた。トゥレット症候群の患者の約五〇パーセントには、ある種の学習障害や注意欠陥・多動性障害がある。注意欠陥・多動性障害とは、神経の病気のために、一つの課題に集中することができないものである。トゥレット症候群では、学習障害とは別に、運動チック（または、ゆっくりとした反復する不随意運動）だけでも、学習に集中できない。そのため、多くの学校で失読症（これも神経障害の一種）を含む学習障害児には、制限時間のない試験が許可されているのだ。ジョエルとジャレッドは、級友から幾度となくからかわれても、よく理解してくれている教師、友人、および両親のおかげで学校生活や社会との関わりを楽しんでいた。

　彼らが友だちと遊んでいる姿を見ていると、非常に活発だった。この活動性は、病気によるものだろうか。それとも単に、十一歳の少年の生命力のなせるわざだったのだろうか。彼らは個性の中にその多彩な才能を賢く集約させていた。おもちゃの飛行機をみごとに着陸させる彼らの手の巧みな動きは、それを表わしていた。しばしば見せる首を曲げたり、頭を回したりするチック的な動作でさえ、見事にカムフラージュされて、『正常』のように見えた。多くのトゥレッターは、普通なら『奇妙』と思われるような動きを日常生活の中にうまく織りこむことによって、自分たちの障害のさ

双子のジャレドとジョエルは，強弱のある多彩な動きをした

まざまな面を取り繕っている。僕の経験では、しばしば奇妙な動きを生活上受け入れられやすい動きに転換している。このようにして、トゥレッターのトゥレット的行為は、その人の一部分となっていくのである。少年たちは、二人が共にトゥレット症候群であることが慰めになっていることで意見が一致していた。「もし僕一人だけだったら、悩んだと思います。でも、双子だったのでとても助かりました」とジャレッドは言った。

「双子だったのは幸運だったと思います。だって、僕だけがこの病気を持っている人間ではないからです」とジョエルは言った。自分が孤独だと感じないんです」とジョエルは言った。彼は、やや皮肉っぽい調子で「それが僕たちのエネルギーの源なんですよ」と付け加えた。

数日後、トゥーソンの名所旧跡を見物した。圧巻はトカゲの皮革製品製作工場だった。それからオリバーと僕は、ニューオーリンズに飛んだ。それは、マーディグラの祭の数日後だった。フレンチ・クオーターまでタクシーで行き、コーンストーク・フェンス・ホテルにチェックインした。僕はしばらく立ち止まった。そして、ロイヤル・ストリート、さらにそこを突っ切ったところにあるトリオス・レストランの十年前を思い出そうとした。『旅の宿』での夜の出来事を、そして、その頃と今の自分を取り巻く環境の変化を考えた。

そこには、ビールや南部料理クレオール・フードの香りが漂っていた。群集は、夜遅くまで屋外でジャズを聞き、酒を飲んでいた。ホテルには、空き部屋が一つしかなかった。オリバーと僕は相部屋にした。僕たちは自分たちの寝場所を準備した。部屋には少なくとも二つのベッドがあった。

今まで僕たちはいつも別の部屋に泊まっていたので、オリバーがどれほど寝つきが悪いのか知らなかった。彼は、眠るまでしばしば数時間読み物をした。彼は、いったん眠ったら起きないように、ベッドに入る前にすべてを完璧に済ませておかなければならないのだと説明した。枕は高くしなければならなかった。明かりは一晩中つけておかなければならなかった。というのは、もしそれを消すためにいったん手を伸ばすと、二度と眠ることができなかったのだ。彼は、室温を摂氏七度から一〇度の間に設定することも含めて寝るための準備を完全に整えた。窓を開け放したまま、彼のベッドのそばにある明かりをつけ、僕たちは話し始めた。僕はジューリーとの夜やニューオーリンズで会いたいと思っている女性について話した。オリバーは、四、五人の友人を家に呼んだり、またできることなら、動物や植物の中で生活するのが好きだと言った。彼は、自分の友だちの好みについて誇張して言いたがった。僕たちはその夜、お互いの身の上や、トゥレット症候群のことをいつもより一層親密に話した。僕たちは、また、ニューオーリンズ支部の役員であり、協会を通して紹介してもらった、トゥレット症候群のビジネスマンであるクリフはどんな人物だろうかと話し合った。

翌朝、食事のとき、クリフに会った。彼は背の低い真面目な人で、僕たちのさまざまな要望に耳を傾けてくれた。彼は、自分自身のことやすべての物事に、まじめすぎるタイプの一人だった。奇妙なことには、彼は自分の衝動の抑制や薬について、困っている様子を見せなかった。僕は、彼が、トゥレット症候群の薬や症状を、体験的というよりむしろ非常に科学的な言葉で話した。奇妙なことには、彼は自分の衝動の抑制や薬について、困っている様子を見せなかった。僕は、彼が、トゥレット症候群を、心底嫌っているのだと思った。そんなクリフの態度に、オリバーは、ニューオーリンズ行きを決めるまでにうんざりしてしまった。クリフの運転は心地良かった。カナル・ストリートを横切り、フレンチ・クオーターを離れ、セント・チャールズ通りへと向かい始めたとき、彼は驚くべき話を始めた。

「私は、ミサイルの地下格納庫で整備員をしていたんです」クリフは説明した。「ミサイルは、第三次世界大戦を開始させるものでした。私が整備に携わっていた四年間に、ミサイル発射の命令は、三回出されそうになりました。私は、ある夜、大戦を開始するためのキーを回した夢を見たんです。恐ろしかった。ある日、とうとう、私は解雇されました。医者は、私がトゥレット症候群からくる精神病だ、と主張したんです」

オリバーと僕は吹き出しそうになったが、二人とも笑いをこらえていた。オリバーは助手席に座っていた。僕は運転席の真後ろの席に座っていた。彼の話は、病理学的にも、歴史学的にも信じがたいものだった。この話は僕を動揺させたようだ。その証拠には、トゥレット症候群の暴力的な動きである前席へのパンチや大声での呟きが現れた。「ロウェル、私は、あなたがトゥレット症候群だということは知っている。でも、あなたは、自分の動きや声をコントロールしようとしなければいけないんだ」とクリフは言った。飛行機や車の座席の後面を蹴るのは、トゥレット症候群によくみられる衝動である。僕は、彼が同じ病気をもっている者にたいしてどうしてそんなに寛容さがないのだろう、と思った。

今まで話したことがなんでもなかったかのように、別れ際に、彼は、いくつかの指示を与えた。「最後に一言いっておきたいのは」クリフは運転席の側に立って言った。「私の話をするときは、どうか私をスポックと呼んでください」それから、彼は、テレビ番組のスター・トレックにでてきた未来型宇宙船であるエンタープライズの細部まで描かれた絵を見せながら、車の運転席側のサンバイザーをあげた。僕は、そのとき、あたかもこれから彼が宇宙へ飛び立とうとしているのではないかと感じた。

ニューオーリンズで一週間過ごした後、オリバーと僕は、再び車を借りて、アトランタの北へドライブした。そこで、僕たちは、前とは別のトゥレット症候群の一卵性双生児に会うことになっていた。それは二十代半ばの女性だった。ミシシッピーからジョージアを通るドライブの途中、僕は、しばしば気に入った光景を写真に撮った。オリバーは、僕が、ときどき車を止め、洗濯物を干す老婦人、セールを知らせる立て看板など、興味のままに撮影するのを見て、一緒に楽しんでいた。彼は、僕のトゥレット的な衝動にだけではなく、創造性にたいする衝動にも理解を示した。

僕は、アトランタが近代的で人口の多い大都市であることに驚いた。その都市は、僕が想像していた以上にずっと大きくみえた。僕たちは小さなモーテルに泊まった。翌朝、双子のカーラとクローディアが両親のシルビアとロバートと一緒に住んでいる郊外に車で向かった。彼らの母親が玄関のドアを開けた時、僕たちは二人の連発する音声チックと運動チックによる歓迎を受けた。

「スワミ先生とロウェル・ハンドラーさん」カーラは、オリバーを自分がつけた名前で呼んだ。

「ロウェル・ハンドラーさんとスワミ先生」とクローディアも言った。それから、突然「出て行け！　出て行け！」と大声で叫んだ。二人には、重症のジャンプチックがあった。彼女たちは交互に六〇センチも空中に飛び上がった。一方が空中にいるとき他方は着地していた。その結果、いつ

アトランタにすむ双子のカーラと
クローディアは，絶え間なく動いていた.
オリバー・サックス博士撮影

も大きな音がしていた。僕たちが彼らの家にいるあいだ中、その動きは続けられていた。シルビアは、二人が小さい頃、なぜこんなことが起こるのかを知りたかった。

「十五歳の時、トゥレット症候群と診断されたんです。私たちは、それまで彼女たちがちょっと神経過敏だと思っていたんです。精神科医、心理学者、その他いろいろな医者のところへ連れて行ったんです。すると専門家はみんな、心配しなくても大きくなれば治るでしょう、と言いました。私はそれまでトゥレット症候群という言葉を聞いたことがありませんでした。そんな病気があることに驚きました。しかも、一人でも充分なのに、二人までもなんですから」と母親は言った。

カーラとクローディアはとても魅力的だった。けれど、彼女たちの声は、いつも叫んでいるためにかすれていた。高校を卒業した。でも、その病気のために、正確にいうとその病気にたいする他人の無理解のために、就職先を見つけられなかった。僕は、彼女たちが繰り返し発している言葉の意味をたずねた。「出て行け！」とは、トゥレット症候群にたいして向けられた言葉だということだった。彼女たちはこの病気が永遠に消え去るのを望んでいた。

ほかにも興味ある行動があった。彼女たちは互いに触り合った。カーラがクローディアのうでや足を軽くたたくようにさわると、クローディアも触り返した。これは、ジャンプや叫び声で中断されるまでつづけられた。僕には、物や人に触ることが、避雷針のように、アースの役割を果たしているのだと思われた。僕自身も、何かに触ると少し心地よく感じたり、安心する。カーラは、自分の衝動的行動の中には他人に説明可能なものと、不可能なものとがあると言った。僕たちがそこにいる数時間のあいだにも、いくつかの言葉、叫び、動きがみられた。けれど、僕たちがそこでこの病気の真の姿を掴めたかどうかは定かでない。現実は僕たちが想像した以上のものだった。旅は探求であり、遅々として、時には、発見という痛みを伴う歩みだった。

ニューヨークへ帰る飛行機の中で、僕はオリバーの隣りに座り、トゥレット症候群という病気がもはやこの世に存在しない日の夢を見ていた。この病気は人間性というものの意味について考えさせられる。それは、知覚、ユーモア、エゴ、他人とちがっていることの本質、異なった人々の中での友情などである。僕は、それまでこの病気を持っている人たち、すなわち同じような衝動、動機、病因をもっている人たちがこれほど個々に違っていることを知らなかった。僕は、オリバーが眠っている姿を見ながら、結局人はみんな違っている、たとえ双子であっても同じ人間はいない、と思った。トゥレット症候群をもつ僕たちも一人として同じではない。違ってはいるが、この病気をもっている僕たちを結びつける何かがある。たぶん、共有する経験、または、考え方の共通点があるからだろう。オリバーは、僕たちの仲間内では非公式の『守り神』であり、僕たちのよき理解者である。

ニューヨークに着いた。それは、この旅で多くの経験を共有してきたオリバーと僕とが別々の道を歩み始める出発点だった。手荷物を受け取りながら、僕は、オリバーと二人で訪ねたトゥレット症候群の人たちのことを懐かしく思い出していた。この経験をとおして、僕は自分が孤独ではないことをはっきりと知った。いたるところにこの病気の人たちはいる。今まで思っていたほど稀ではない。

そのとき、オリバーは、僕を見て言った。「良い旅だったよ、ロウェル」僕もそう思った。この旅は、僕により広い視野から世の中を見るための心のゆとりを与えてくれた。

第七章

マリファナとプロザックの愛

トゥレット症候群と診断されてから、僕は、この症状から解き放たれる術を知りたかった。症状は、それ自身の意思で現れたり、消えたりするかのようにみえた。ニューヨークのコールド・スプリングのアパートで、僕はその時、徐々に頻度を増す強迫症状を経験していた。ほかのトゥレット症候群の人たちと同様に、僕には、繰り返し同じ考えが浮かんでくる強迫思考があった。強迫行為は、同じ行動を何度も何度も繰り返すことである。肉体的精神的満足（ぴったり感）を得るためにはその行動を完遂することが必要であるように思われた。

トゥレット症候群の人たちの多くは、典型的な強迫性障害の症状ではないにしても、その性格の中に強迫的な面をもっている。僕は、常に、これらの症状のいくつかを持っている。けれど、それらは、典型的な形ではあらわれなかった。たとえば、飲み物を飲んでグラスを置くときには、グラスの底の感触をたしかめるように、グラスの底でテーブルを何度も軽くタップしてからテーブルの上に置いた。自分の忍耐力や弱点だけでなく、物質の限界を確かめでもするかのように、台所のテーブルやカウンターにグラスの類をがんがんと強く置いた。そして最後には、次から次へと物を壊した。この傾向は、自分のアパートのすべてのグラスや皿が破壊され尽くすまで数カ月間つづいた。

　トゥレット症候群の人たちは、フラストレーションにたいする耐性が低いという研究結果が示すように、僕の症状も、気分が悪かったり怒っているときには悪化した。エバンが入院していたある日の午後、僕は、彼を病院に見舞ってから家に帰った。そのとき、彼は僕に話したくなかったか、話すことができないようだった。その当時、仕事はうまくいっていなかった。僕は一文無しだった。たまったフラストレーションをグラスを壊して発散させた。僕は壊れたグラスを見ながら、病院に横たわっているエバンのことを考え、心の中に怒りの嵐を感じた。エバンが死に向かう床にいるのにもかかわらず、僕が健康でここにいることに、罪の意識を感じた。自らの怒りの痕跡であるガラスのかけらを見ることが、さらに怒りを呼び起こした。けれど、僕は、再びそうすることを恐れて、数時間破片をそのままにしておいた。

　代わりに、アパートの壁を叩き始めた。最後には、壁に自分の靴を叩きつけて潰した。僕は、それから数時間、蹴ることにエネルギーの解放を感じつつ、壁の大きな穴を蹴りつづけた。このエネルギーの昇華で、一時的に心が晴れた。僕の暴力は、決して他人に対しては向けられなかった。けれど、今回は、エバン、あるいは家族の誰かを突然に襲う癌から自分が逃れたことにたいする自らに課した罰の表現としての暴力だった。

僕の強迫症状が悪化したころ、ニューズウィーク誌がプロザックを新しい奇跡の薬としてトップページにのせた。プロザックによる回復のさまざまな話題がのっていた。僕がライフ誌に写真報道したトゥレット症候群の医師、オリン・パーマーは、僕に「それは、私の人生に革命をもたらしたよ」と言った。僕が、バーで遭った一人の女性は、「プロザックがなければ、今私は生きていないわ」と言った。

プロザックは、一九八〇年代の後半に食品医薬品局に認められた。それは一連の抗うつ剤の中で、最新のものだった。パーマー医師は、僕に、ごく普通に使われる三種類の抗うつ剤を教えてくれた。モノアミンオキシダーゼ阻害剤、三環系抗うつ剤、それに、プロザックを含むセロトニン再取り込み阻害剤である。これらの薬は、脳のいろいろな神経伝達物質に影響を与えることによって作用している。複雑な電気回路と同様に、脳では、特別な神経伝達物質の情報を受け取るためにデザインされた、数百万の受容体をもつ細胞が連結している。情報は、シナプスまたは神経細胞間結合部において、電気刺激として、一つの神経細胞から別のそれへと伝達されるのである。プロザックが出る前によく使われた抗うつ剤は、その三個の環状の分子構造にちなんで名づけられた、三環系抗うつ剤だった。沈んだ気分の改善をみとめる一方で、その薬は多くの神経伝達物質に影響を与えたので、患者の中には、口喝、便秘、かすみ目、軽度の短期記憶障害および体重増加に悩まされるものがいた。

一九八〇年、医学研究チームは、強迫性障害とうつ病に密接に関係していると考えられていたセロトニンという神経伝達物質に注目し、新世代の抗うつ剤を研究し始めた。脳から分泌されるセロトニンという物質は、気分の調節、ストレスに対する耐性、衝動にたいする抑制能力など多くの行動に影響を与えるものである。情報は、新皮質といわれる脳の高位中枢から、運動機能の協調を調節する大脳基底核に至り、そこで処理される。セロトニン再取り込み阻害剤は、受容体によるセロトニンの再吸収を抑制し、シナプスにおけるセロトニンの過剰状態をもたらす。科学者は、セロトニンの増加がセロトニンの伝達作用を増強し、これが脳の機能障害やバランスの不均衡を矯正すると推測している。セロトニン再取り込み阻害剤は、セロトニン受容体に特異的に作用し、広範な神経伝達物質には作用しないので、副作用が少ないのである。

脳には、少なくとも一二の異なったセロトニン受容体があり、その各々が異なった化学物質と結合する能力をもっている。あるものは気分を調整し、抑うつを改善する。別のものは、反復する思考または行動を抑えることで強迫症状を改善する。プロザックは、一九八〇年代の後半に食品医薬品局によって認められた。けれども、一九九〇年まで広く知られていなかった。そして、その数年後に強迫性障害に対しての使用が認められた。プロザックは、使用量を変えることにより、強迫性障害、不安障害、うつ病に使い分けられている。

僕は、シアトルのワシントン大学の精神・行動科学部の主任教授であり、この分野のパイオニアであるディビット・ダナー博士とこの画期的な薬の由来について話したことがある。博士は、プロザックが市場にでる十年前から、その臨床試験を担当した研究者の一人だった。「私たちが過去二十年間にした仕事の第一は、どんな治療法がよいかを知るために、治療結果のデータベースをつくることでした。第二は、個々の症状に応じた治療法を開発し、その効果を示すことでした。このような治療には、心理療法と薬物療法が含まれていました」と述べた。

僕は彼が心理療法よりむしろ薬で治療することについて、哲学的にどのように考えているのかを聞いた。複雑な問題を解決するために『安易な方法』をつくりだしてしまったということの考えは、数年間社会の議論の的だった。「これらの病気が心理的なものだと考えるのは、たぶん間違っていると思います」彼は答えた。「さまざまな経験によると、多くの場合、それは、遺伝的、家系的、たぶん、生物学的原因によるものだと思います。哲学的には、それは、理にかなっています」

プロザックをめぐっては、多くの議論があるが、僕は、自分の悪化する症状をどうにかする必要があると感じていた。ニューヨークの精神科医で、運動障害の専門家であり、かかりつけの医師でもあるルース・ブルーン博士に電話でこの薬の処方を依頼した。薬を始めて効果がでるまでには、少なくとも二週間はかかる。僕は我慢強く、一抹の不安を感じながら副作用と効果の出現を待った。

幸運にもほとんど副作用もなく、強迫症状からかなり解放された。プロザックは強迫症状を完全に治すことはなかった。でも、大幅にその症状が軽快した。

その時まで僕は、自分の症状を軽くする術を、全面的にマリファナに頼ってきた。外出する前——映画に行ったり、電車に乗る前——症状を軽くしたり、陶酔感に浸り気分を楽にするために、マリファナを吸った。友達と一緒に一日に何回も吸ったものだった。それは、プロザックを飲み始めた後も続いた。

プロザックの開始直後によくみられる副作用は、落ち着かない感じである。いつも動き回らなくてはならず、じっと座っていられない。これは普通、薬を飲んで数週間で消えていく。でも、僕は、マリファナを吸うとこの副作用がすぐになくなるのを知った。陶酔感——『ハイ』な感じ、これはマリファナにより引き起こされることが知られているが——は、プロザックにより強くなった。僕はいつもハイだった。マリファナとプロザックとの組み合わせは、僕の生活を円滑にする有効な手段となった。数カ月後、僕は、漠然とマリファナの中毒になったのではないかと思い始めた。

マリファナを吸ったり、売買する場所を提供する人物の一人は、テリーだった。彼は、当時、コールド・スプリングの僕のアパートの近くに住んでいた。彼は三十代の後半で、数年前自動車事故に遭い、障害があった。長髪をポニーテールにしていた。イヤリングをし、サンダルを履き、Tシャツを着ていた。彼はマリファナを大量に吸っていた。気分転換の一つとして、また、痛みに対する自己療法としても吸っていた。すでに中毒になっているようだった。以前彼は、一日に五本は吸っていると言った。朝のコーヒーのとき、昼食後、午後の休憩時、夕食後、寝る前といった具合である。

彼の家には、いつも人の出入りがあった。マリファナを吸ったり、クロケットをしたり、水鉄砲で遊んだり、夏にはバーベキュー大会をした。マリファナのメニューには、いろいろな変種や薬味を含んだものがあった。彼の家の冷蔵庫には、ビール、時々、シャンペンが入っていた。たまに、ハシーシ（大麻の一種）をマリファナやブラウニーに混ぜて吸ったが、そのときには、その場の雰囲気は、特に退廃的になった。

そんなある夜、ポリーという若い女性がやってきた。彼女は根っからのお祭り好きだった。僕は彼女の自然に酔った姿が好きだった。彼女は、髪が美しく、真っ赤な唇をしていて、僕たちと一緒にマリファナを吸うのが好きだった。彼女は、テリーがファッジ・ブラウニーを作るのをときどき手伝った。僕たちは車座になって、冗談を言いながら、ハシーシ・ブラウニーを味わった。

僕は、マリファナの壮麗な煙と芳香を煙草のようにゆっくりと肺に吸い込んだ。マリファノを吐きだすとき、みぞおちから頭の先へと、高揚感の上昇を感じた。すでにいくつかのハシーシ・ブラウニーを口にし、陶酔し、実際目が回っていた。僕は、テリーとポリーのおしゃべりが邪魔だったので、自分の椅子に戻った。凧のように、高く舞いあがっていた。それを楽しんでいた。僕の周りは煙の渦だった。

マリファナは人を哲学的にさせる。陶酔した状態で、あるいはぼーっとした状態で、いろいろなことを考えた。僕は、自分がトゥレット症候群だということが自分の人生にとって大きな意味をもつのかどうか、ほかの人たちはその病気をどのように受け入れたのか、特にこの病気が発見される前に病気だった人たちはどうしたのだろうか、と考えた。

僕は、アーサー・シャピロ博士を思い出した。彼は、僕の病気を最初に治療した人だが、もし彼がその病気を持っていて、誰かにそれを聞かれたら、彼は、「私は、サミュエル・ジョンソン卿と同じ病気なんだ」と答えるだろうと言った。その当時、僕はジョンソン卿について多くを知らなかった。彼は、一七〇九年に生まれ、世界で最初の英語の辞書を編纂した、歴史上最も有名な知識人の一人だった。多くの専門家がジョンソン卿は典型的ではないにしても、強迫性障害とトゥレット症候群をもっていたに違いないと強く信じているのは、非常に興味深い。

ジョンソン卿の母は、彼を産んだとき四十歳だった。彼は、大人になって経験した神経症の原因を探ろうとして、母の難産のときのことを『母は、私を生むとき大変な難産で、有名な助産師のジョージ・ヘクターに助けられました。私は、ほとんど仮死状態で生まれて、しばらく泣きませんでした。その後、貧相で、病的な、ほとんど目の見えない乳児として家に連れて行かれたのでした』

と記述した。

さらに、彼のおばであるナサニエル・フォード夫人は、数年後彼に「私なら、道端にそんな貧相な生き物がいたって拾い上げもしなかったわよ」と言ったとも記述している。二十歳の頃、彼は、詳しいことはわからないが、いわゆる神経衰弱というものを患った。これは、ジル・ド・ラ・トゥレット博士が最初にトゥレット症候群を記述する百年以上も前のことだった。

この二百年間に、ジョンソン卿に関するたくさんの伝記が書かれた。その中には、彼の多彩なチックや奇妙な儀式的行動について述べたものはあるが、トゥレット症候群という記載はない。

そのような本の中で、ウオーター・ジョンソン・ベイトがピューリッツァー賞を受賞した伝記『サミュエル・ジョンソン』には、ジョンソン卿の奇妙な行動についての興味深い記述がある。『彼にはその時、彼の生涯にわたってつづくことになる強迫的反復行動と煩わしいチックが進行し始めていた。それが芸術家ウイリアム・ホガースをして、彼が最初にジョンソン卿に会ったとき、（サミュエル・リチャードソンの家で、窓の傍に立って頭を振りながら、奇妙かつ不思議な格好でぐるぐる回っていた）ジョンソン卿は「知恵遅れ」であり、だからこそ親戚は彼をリチャードソンの庇護の下に置いたのだと言わしめたのである。さらに、ホガースが驚いたことには、とつぜんこの「人物」は、リチャードソンと彼とが座っているところにやってきて話し始めた。そしていったん彼らの話題の中に入ると、ジョンソン卿は止めどもなく雄弁になったので、ホガースは彼を驚きのまなざしで見た。実際この「おかしな人物」の態度は、突然神の啓示でも受けたのではないかと思ったほどだった』

ハーバード大学の学織者として知られているジャック・ベイトは、次のように述べている。『ジョンソン卿のチックや衝動的行動――しばしば極端になる――は、たしかに心理的なものであり、一般に想像されているような器質的なものではなかったようだ。それは、ある程度成長してから始まったものであり、必ずしも子どもの頃からのものではなかったようだ。しかし、彼は小さい頃から他人にいろいろな面で不器用、または不思議な子どもとみられていたようだ』

ベイトと話した際、僕はジョンソン卿の行動は器質的な神経の病気であるトゥレット症候群の結果だと思う、と自分の考えを述べた。「多分、あなたの考えは正しいと思います。あの本が出版された後、多くの人たちがその点を指摘しています」と彼は言った。

他の伝記でみられるのと同様に、ベイトの本の中で、ジョンソン卿が、彼のチックや強迫症状のコントロールの欠如を自分で気づいていたと思われる部分は興味深い。伝記『サミュエル・ジョンソン』の中の次の記述をみてみよう。『不随意に起こってくる押さえがたい反復運動や考えを制御しようとする戦の中で、彼は、ふたたび――それがもっとも強かった二十代のように――「自己管理」から派生する一連の心理的葛藤とも戦っている自分を発見した。それは非常に些細なことのようにも思えたが、ときには極端に衝動的にもなり得たので、彼は、自分が狂っているのではないかとさえ思うこともあった』

一七五九年から始まっているジョンソン卿自身の日記の中で、僕たちは、その高名な著者が自分自身を責めている記述をみることができる。『罪の鎖を断ち切り、意味のない疑念を無視するようにしなければならない』彼は後に書いた。『神は、疑念と戦うために私を支えてくださる』彼は日記の中で常に『疑念』ということを書いていた。ベイトはその言葉は、小さな尖った石という意味の『scrupulus』というラテン語からきていて、彼の強迫思考のことを言っているのだ、と述べている。ベイトの美しく書かれた伝記の最も特筆すべき点は、優れた人間、道徳家、哲学者としてのジョンソン卿を記述していることである。彼の病気を著者そしてもちろんジョンソン卿自身が知っていたかどうかはわからないが、僕たちはその作品の中に、トゥレット症候群によって影響を受けた、または形作られた人格そのものを、垣間見ることができる。

ベイトは、歴史的、また、たぶん病理学的視点から、次のような言葉でジョンソン卿の哲学を位置付けている。

『他の古典的な道徳家とは違って、私たちは彼の著作の中に、臨床的研究を通してフロイトに受けつがれた、広範な十九世紀および二十世紀の心というものに関する発見の一連の流れをすでにみることができる。つまり心とは、急進的な物質主義者が考えるような、外界からの経験や刺激がそのスイッチを押したとき、自動的に作動する一種の記録機械ではない。心は、それ自身の自律性をもって生きている、予測できないものだ、という発見である。そして、それは外部からの刺激とは無関係に、今まで見たこともないさまざまな方向に、動き始めるのだ』

ベイトは、ここで、トゥレット症候群の症状の中核をなすものは何かということを正確に明らかにしている。それは、心には自律性・律動性があるということである。だからトゥレット症候群は、人生と同様に、予測できないものであり、常に変わるものである。

僕たちは、自分の生活のかなりの部分を、生きている時代に規定される。ジョンソン卿の生きたロマン派の時代には、美化され、理想化された人間性が優先された。その後フロイトは、人を欠点のあるもの、心の動きにより規定されるものであることを示した。その間に、僕たちは神経学の黄金期を経験した。ジョンソン卿は生きて見ることはなかったが、現代の神経学は、今日僕たちがそれを見るように、生物学的な現象としてトゥレット症候群を説明した。

ジョンソン卿の強迫性障害およびチックに富んだ行動は、たぶん、生下時の器質的疾患による神経・精神障害の結果であると何百年も考えられてきた。僕たちは今や、ある証拠をもって、彼がトゥレット症候群だったという説を展開できる。そして、彼の悩みというレンズを通して、今までとは違った方法で、彼の思想に光を当てることができる。

今日、僕たちには、使用できる薬がたくさんある。僕は、自分自身の特異な方法で、その恩恵にあずかろうとした。そして、しばしば、マリファナとプロザックを自分に処方することで、解放感を味わおうとしていた。ジョンソン卿は近代薬理学の恩恵には浴さなかった。したがって、医学ではなく哲学的な解決策を見出すことにより、病気に直面しなければならなかった。彼は、二百年以上前に自分の精神状態について、『目は見ることに、耳は聞くことに、ほとんど役立たない。人の心の自由な飛行は、快楽を求めるのではなく、希望を求めている』と述べている。

第八章 スザンナと結婚

ベッドに横たわった二つの裸体は、数時間の愛撫の後、静かに愛を交わした。僕は、体を彼女にあずけ、両手を彼女の細く柔らかな下半身に回し、うなじから耳へとキスをした。二人とも疲れ切っていた。真夜中だった。互いに語り合い、愛し合い、尽きない楽しいときをすごした。彼女は魅惑的で気転が利き、小悪魔的で愛すべき存在だった。彼女をいだき、快感を確かめつつ、愛撫した。僕は彼女のすべてが気に入っていた。僕たちは、止めどなく語り、キスをし、愛を分かち合った。抱擁されつつ僕は、彼女とのこれからの数カ月を心に描いた。

スザンナ・バージェットと僕は恋に落ちた。ボストンから大陸を北岸に沿ってドライブした後、マサチューセッツのニューバリーポートで、初めて週末を共に過ごした。僕たちは一日中何も食べていなかった。唯一開いている店は、道を一キロほど下ったところにある中華レストランだった。

一緒に歩きながら、スザンナは「あなたがあの記事を見せてくれたのがうれしかったわ」と言った。彼女は、僕がオリバーと一緒に書いたライフ誌の記事のことを言っていた。彼女は、ごく少数の人たちがそうであるように、僕の病気を受け入れているように見えた。そのことが彼女の知性と外見の美しさと相まって、僕を彼女に近づけた。

スザンナと僕は、不似合いなカップルだった。僕は、ユダヤ人でマリファナとプロリックでいつもハイになっているトゥレット症候群のフォトジャーナリストであり、彼女は敬虔なプロテスタントの弁護士だった。彼女はニューヨークのウッドストックで育った。小柄でかわいい菜食主義者だった。彼女はビジネス畑に精通していて、手堅かった。けれど、人付き合いではいつも人と一線をひいていて、そっけなかった。僕は彼女が高校の友人のダン・プライスのガールフレンドだった頃に会ったことがあった。ある時僕は、週末にボストンに行くつもりだとダンに話した。すると彼は、僕にスザンナと会って一緒に夕食することを提案した。ダンは、そのときすでに結婚し、二人の子持ちだった。僕は、なぜ八年前に出会った女性に再び会わなければならないのだろうと思った。彼女が以前ダンに僕のことをたずね、僕のことを『知的』で『魅力的』だといっていたのを知らなかった。ケンブリッジの彼女のアパートの近くの中華レストランで、僕たちは夕食をした。

スザンナは、ビジネス関係の法律の仕事で一日に一二時間から一五時間働いていた。彼女は、自分の時間を他のことにも使いたいと考えていたし、やがて結婚もしたいと考えていた。最初のデートの時、彼女は僕たちが付き合うことに積極的な態度を見せたし、僕もそうだった。僕は彼女が非常に知的だが孤独だと感じた。そして、常に働いていて、家で過ごす自由な時間がほとんどないことを知った。

一九九〇年の春、僕たちは、遠距離デートを始めた。僕がボストンにいる時にはいつも会ったし、スザンナが彼女の家族をウッドストックに訪ねた時にも会った。二人の関係が親密さを増すにつれ、彼女の家族にも会った。僕は、彼女の両親に初めて紹介された週末のことを、決して忘れないだろう。なんて奇妙な夫婦だろうと思った。彼女の父親のボブは、第二次世界大戦の退役軍人だった。爆撃パイロットで、外傷後ストレス障害（一時それは、『シェル・ショック』と一般に言われていた）の被害者だった。握手をかわした後、僕は、部屋の隅にライフル銃がたくさんあるのに気づいた。ボブは僕を見ながら「君は銃が好きかね。わしは、たくさん持ってるんだ」と言った。それから、一丁のライフル銃を取り上げ、僕の頭にねらいをつけた。僕は驚いた。彼は「わしは決して銃を使わない。ただ集めてるだけだ」と言った。彼は寝室のクローゼットに入れてある古い軍服を見せた（僕は、彼女の両親が別々の部屋に寝ているのに気が付いた）。けれど、その軍服がもはや合わないことを認めていた。家全体が、がたがたのまさに壊れそうな骨董品で埋まっていた。そして、僕が固い木製の床をトゥレット的に歩くとガタガタと音を立てた。まるで数年間人が住んでいなかった別荘のように、信じられないほどかび臭かった。至るところに本があり、塵が積もっていた。

彼は台所へ行った。そこで、簡易ベッドに横になって話し始めた。僕は、彼の話の内容をほとんど理解できなかった。それは社会治安と暗号作成に関する内容だった。彼は、居間で僕たちがスザンナの母と話しているあいだ、誰に言うともなく独り言をぶつぶつ言っていた。

午後の眠りにつくまで、ボブの独り言は続いていた。彼はほとんど意味のないことを話していた。それはあたかもはじめから誰かが聞くのを期待していないかのようだった。僕は気の毒に思った。でも、実際何と言っていいのかわからなかった。そして、僕はそれまでもこのようなことが何回も演じられていたのを知った。

スザンナの母、スザンヌは、読書とガーデニングを愛する知的でもの静かな女性だった。髪質が細い白髪の、やせぎすの女性だった。

「眠ってくれてよかったわ。彼の独り言はときどき何時間もつづくのよ」彼女は言った。「ロウェル、あなたの家族のことを話してちょうだい」スザンヌは、ボブに比べ教養があり、僕の両親や、兄弟・姉妹について聞きたがった。僕たちは心ゆくまで話した。それからスザンヌと一緒に庭へ出た。スザンナと僕は手を取り合って、ベンチに座った。

スザンナはトゥレット症候群の人たちに理解があり、その逸脱行為を見逃すことができた。僕は、彼女が、自分の父親の経験から普通と違った人にたいして特別な理解があるのだと思った。たとえ僕が衝動的に、あるいはトゥレット的に彼女の足をくすぐるように掴んでも、微笑んでそれを受け入れようとした。スザンナの穏やかな態度が、僕に鎮静効果をもたらした。外出したとき、僕が粗野なトゥレット的な態度をみせても、スザンナは寄り添い、キスをした。愛してくれる人がいることで、他人は、僕を狂った者としてではなく人間として見てくれた。

僕たちは、コールド・スプリングの僕のアパートで週末を過ごし始めた。時が経つにつれ、互いに引き合う気持ちは強くなった。スザンナと僕は、互いに違ったところがあるにもかかわらず、共通点を認め合い恋に落ちていた。一年間の遠距離デートの後、スザンナが僕のアパートに引っ越すことにした。彼女は、いっしょに住むのなら婚約したほうが気持ちが落ち着く、と言った。迷いを感じつつ、僕は承諾した。ラインブラックの町へ向かう途中、手作り専門の貴金属店に立ち寄った。僕たちは美しいダイヤの入った金の指輪の前で立ち止まった。そして、それを買った。店から出て、僕はスザンナにプロポーズした。抱擁し、キスをした。二人は幸せだった。彼女はウエストチェスター・カントリーで新しい仕事を見つけた。それから、将来の計画を立て始めた。

それはまばゆい春の日だった。婚約してから一年後、僕たちは結婚した。両家の友人と家族が当日の朝到着した。エバンは僕の花婿付き添い人だった。彼は骨髄移植をしてから三年経っていて、元気だった。もちろん、リリアンと僕の両親もいた。八十五歳の祖母も含めスザンナの家族も全員揃っていた。式は人道主義の指導者によって執り行なわれた。それは華やかで、いくつかの哲学的および宗教的サービスが取り入れられた。すべての人がくつろげるように、彼は、公平に、中立に、非教派的に式を執り行なった。

式の後、ガリソンの近くの贅沢なレストランに場所を移した。古い邸宅風のレストランで、オードブル、ビュッフェ、シャンペンを楽しんだ。夜が更けるにつれ、レストランに隣接したゴルフ場の全景が見渡せるように、建物の一方のすべてのドアが開け放たれた。柔らかなキャンドルライトが部屋を照らし出し、すばらしいお祝いの雰囲気が醸しだされた。僕は旧友と共にテーブルからテーブルへと回った。子どもの頃からの友人もいた。「なんとすばらしい夜だろう」と僕は考えた。期待と勝利と愛の確信に溢れたときだった。

みんな、ジャズバンドに合わせて踊った。夜が更けるにつれ、スウィング調になり、シャンペンがまわり、数年ぶりに会った人たちがお互いに旧交をあたためた。オリバーは僕の母と踊り、スザンナの祖母はお気に入りのチョコレート・ミルク・シェーキを楽しんだ。

僕たちは、夫婦としての最初の夜をシャンペン、たくさんの贈り物、そして、輝かしい未来に囲まれて、プラムブッシュ・レストランの豪華で古風な部屋で過ごした。

時が経つにつれ、僕たちは日頃の生活を取り戻した。スザンナは新しい仕事への挑戦を楽しみ、僕は撮影の計画で忙しかった。僕は自分の病気を理解してくれるパートナーがいることに幸せを感じた。そして、『病気』が前面に押しだされ人格が隠れてしまうのではなく、病気を『もった』一人の人間として僕自身を考えることができた。

けれど、マリファナとプロザックのカクテルの過剰な使用により、僕はいつも酔った状態になり、それがスザンナを悩まし始めた。僕は麻薬をやめるようにという彼女の要求を無視した。マリファナの使用量は増した。そして、仕事や人間関係が散漫になった。

近所に住むテリーは、絶えず麻薬をやっていて、生活費を稼ごうと自宅に下宿人を置いた。ところがその下宿人は、麻薬をやっていることを証言するための警官だった。そしてとうとうある日、ピストルを引抜いた別の警官を連れてきた。テリーを含め何人かが逮捕された。そして保護観察下に置かれた。このような状況にもかかわらず、僕はそこに通いつめていた。マリファナの使用は生活の一部となった。スザンナは必死にそれをやめさせようとした。彼女がこの話を持ち出すと、僕は「マリファナは気分を楽にさせてくれるんだ。そのうちやめようと思ってる」と言ったものだ。

二人の生活でスザンナの気に触っているもう一つは、僕のいい加減さと気配りの無さだった。僕はしばしば夜遅くなることがあった。テリーのような隣人や友人と麻薬に泥酔するようになった。彼女は僕が他人にたいし思いやりがないと感じた。トゥレット症候群のために起こる口ごもりや同じ言葉の繰り返しを隠すためやっている、僕の一見不遜な話し方を、不快に感じた。僕は他人に対してもっと気配りがしたかった。ただ、衝動的で抑制が効かないだけだった。これは、同時に彼女が惹かれた僕の性格の一面でもあった。

彼女の性格の、他人に接するときの固苦しさ、感情や性に対する強い抑圧といった点について、僕は嫌いだった。それはあたかも彼女が、素直に自分を出すことができないか、あるいはそういう傾向を、自ら語り始めたかのようだった。彼女はときどきヒステリックになり、友人や僕をさえ受け入れなかった。これには、小さい頃から、まともな愛情をほとんど受けてこなかったという育ち方が関係しているように思われた。彼女は常に自分をコントロールしなくてはいけないと感じていた。僕には、彼女の最大の恐怖は、自分の感情や行動をきちっと枠の中に入れておく力を失うことではないかと思えた。まさにこの恐怖こそが、彼女をこの数年間捉えて離さなかったものではないだろうか、そして、そこから逃れることができなかったのではないだろうか。僕は、彼女が、ある意味で、僕を解き放たれた、枠のない、衝動的世界への窓口とみなしているのを感じた。彼女は、僕の中にあるこれらの資質と同様に僕のさまざまな人たちとの交流、状況にあったアドリブができる能力に、価値を見出していたのだろう。皮肉な見方をすれば、彼女が認めたその能力が、結局僕たちの破局を招く要因にもなったのだ。

ある夜、彼女との気まずい雰囲気の後、僕は、友人が経営している行きつけのバーに行った。リバービュー・バーに座って、ケニアから来たラスタファリアン派（エチオピアの旧皇帝を救世主と崇めるジャマイカの宗教）の男性のディビッドと話しはじめた。彼はナイロビから数カ月間の予定で米国に来ていた。そして、ほんの数日間コールド・スプリングに立ち寄った。僕たちは、夜遅くまで飲み、話した。彼は僕の症状に驚いた様子だった。「今までにそんな話は聞いたことがありませんでした。あなたは床や他人や物に繰り返し触るんですね」彼は言った。「もし僕だったら、朝起きたらすぐに、両手を自分の背中に結わえつけてしまいますよ」

僕は、彼に脳化学のことや衝動的行動について、説明しようとした。けれど無駄だった。彼は、これは恥ずべき行為であり隠すのが最良だという考えに凝り固まっていて、ほかのことは頭に入らなかった。

彼は僕の精神状態についてさらに詳しく知りたがった。いくつかの質問は的を得たものだった。「あなたはどんな夢を見るんですか」と彼は聞いた。僕の夢のほとんどは、自分が撮る写真と同様、きめ細かなモノクロ調のものだと説明した。夢の中ではトゥレット症候群の症状がなく、実生活とは違って奇妙な歩き方はしていない。ある夜、僕は、波が打ち寄せる海岸線を超えて飛んでいる自分を夢に見る。砂地に柔らかく、バランスをとって、自分の足で着地する。また、別の夜はテレビを見ている夢を見る。トークショーだ。僕はショーに出演しているゲストたちがトゥレット症候群でないのが理解できなかった。彼らが僕と同じような動きや音を出さないことが不思議だった。僕は、ディビッドが「あなたは今までに、自分の頭の中に小人がいて、その小人があなたに何時トゥレット症候群の症状を出すべきかを命令している、ということを考えたことがありますか」とまったく信じられないことを言ったとき、自分の白日夢から覚めた。彼のコメントのいくつかは僕を哀れむようなものだった。そして、最後に僕が一番嫌っていることを言った。

「同情します」

「そんな必要はない」僕は即座に答えた。彼の今までの態度から、彼が僕たちの結婚生活の問題についてどう考えているか興味があった。

「あなたの国では、女性が自由すぎます。彼女たちは男を絶えず取り替えます。そんなことはすべきじゃありません。私の国に来ませんか。若い女性を紹介しましょう。彼女たちはどこまでもあなたと一緒について行くでしょう。ダニのようにあなたに付いてまわります。アフリカの女性はいつも男のそばに控えています。あなたが家長だということを知っていて、大酒飲みだろうと、マリファナをやっていようと、おかまいなしですよ」と言った。

僕は、文化と女性の見方の違いにいくぶん驚いた。

「私の国では」彼は続けた。「ベッドに二〜三人の女性を同伴できます。ベッドで一晩中あなたを暖めてくれるでしょう。誰とでも抱き合えるんです。彼女たちは男を変えようとはしません。生まれたときに割礼を受けているんです。それは若い犬と同じで、そうすべきものなんです」

僕は、女性の割礼についての彼の話にショックを受けた。少女の割礼は、野蛮に聞こえたし、僕は、これが多くのアフリカの国々でまだ行なわれていることを知らなかった。

僕はその夜スザンナの隣で眠ろうとした。僕は、彼が言ったことの少なくとも一部分にでも真理があるのだろうかと思った。もちろん、女性を傷つけるということは問題外だが、僕は、自由過ぎ、不要になれば捨てるという、使い捨て社会に疑問をもっていた。彼女も僕も、二人の結婚生活を成就するために多くの犠牲や妥協を望んではいなかった。別れたり二人の結びつきを諦めることのほうが、簡単ではなかろうか。

彼女は僕と極端に距離を置いているように見えた。僕は、彼女に充分な気配りができず、生活上のパートナーとなることができないと感じた。僕たちがそれまで共有し築き上げてきたすべてのものが、コミュニケーションの欠如またはミスコミュニケーションを伴って日毎に遠い過去のものになりつつあった。彼女はほとんど話さなくなった。そして、僕は、彼女の父親が言っていた独り言のように、麻薬に泥酔して無意味な言葉を繰り返した。あたかも非常に重要な関係がくずれ落ちてしまったかのように感じ、どのような行動をとったらよいかわからなかった。僕はその夜長いあいだ眠れなかった。そして、僕が彼女との関係を本当に諦めるのか、あるいは彼女が僕との関係を諦めたがっているのかを、判断しようとしていた。僕の行動に対し、彼女は自分の周りに壁を作った。もはや絶体絶命だった。

彼女が心を閉じれば閉じるほど、僕は友人の家に行き、マリファナを吸いつづけた。僕が向こう見ずになればなるほど、彼女は二人の関係を疎遠にしていった。

僕たちは、メイン・ストリートから歩いて行ける距離に家を買った。引越して、落ち着くのに数カ月かかった。家を買うことは興奮に値するものだった。それはしばらくのあいだ、結婚生活の大きな亀裂を紛らした。僕は地下に暗室を作った。彼女は自分のオフィスを整えた。僕たちは満足だった。けれど、二人の関係は、らせん階段を降りるように少しずつ悪化していった。

　彼女はガーデニングをした。僕はマリファナを吸った。いつも、酔った状態で電話をしたり、暗室で働いた。泥酔しながらテリーの家で過ごした。彼女は一日に一二時間働いた。そして、疲れきって帰宅した。僕はいつもマリファナを吸い、ロックミュージックを聞きながら夕食を作った。大声を出し、騒々しくしていた。彼女は読書をし、早くベッドに入った。結婚して二年後、彼女と僕は、カウンセリングのための精神科医を探し始めていた。彼女は、自分の仕事を通して、ハーバード大学の一部門で、ボストンにあるジョン・エフ・ケネディー校で行われる一カ月間のワークショップへ出席を申し込んだ。受理され、彼女は、その年の六月をそこで過ごす計画を立てた。そのあいだ、僕は深いマリファナによる陶酔へと入り込んでいった。

　ある夜、僕は離婚してニューヨークでホームレスになった恐ろしい夢を見た。起きてみると一人ぼっちだった。大量の汗をかいていた。彼女は、ある意味では、僕の介護者だった。僕は金を多く稼げなかった。そして、重症のトゥレット症候群と自暴自棄から、働けなくなることを心配していた。悪夢をぬぐうべく顔を洗い、着替えをし、ジョギングするために外出した。

　森林地域を横切る汚い道路をよろよろとジョギングしながら、昨夜見た夢の重荷と自分の体の九〇キロの重さを感じていた。別れるのは誤った考え方なのだろうか、一緒に生活すべきだろうか、それとも、この結婚は、最初から間違いだったのだろうか。僕はまったく判断できないところまできていた。この時点でこの疑問にまだ答を出すことができなかった。自分も彼女も元に戻せない。僕は無力感を感じた。

第九章

トゥイッチ・アンド・シャウト

それは、一九八九年の大統領就任式の朝だった、僕はテレビでその様子を見ていた。そのとき電話が鳴った。記録映画のプロデューサーのローレル・キテンからだった。彼女は、ボストンからニューヨークに来ていた。昼食を一緒にしないかという誘いだった。この運命的な二人の出会いから、五年間にわたるトゥレット症候群の記録映画『トゥイッチ・アンド・シャウト』の制作が始まった。

「私には、この計画が、海のものとも山のものともわからなかったわ」ローレルは当時を思い出して言った。「最初に会ったとき、あなたは私にしきりと触っていたわ。そしてあなたに触られていることで、私はあなたに家族のような親近感を感じたわ。どうしてかはわからない。でも私は、あなたに『いっしょに映画を作らない？』って言ったのを覚えているわ。たぶん、私の考えとあなたの何かがちょうど一致したのよ」

最近、僕は、ローレル（彼女もトゥレット症候群をもっている）にどうして映画を作る気になったのか聞いた。

「私は、首を振ったり、捻ったりの症状に苦しめられたわ。それは、二十代に悪くなったの」彼女は説明した。「でも、二十八歳までトゥレット症候群だと診断されなかったの。何が起こったのかわかるまで時間がかかって、苦しんだわ。その経験から、自分がテレビの仕事をしてるんだから、この病気について何かできることがあるんじゃないかと考えたの。そして、何かドラマチックな仕事をしたいと思ったの。だから最初は、普通の記録映画を作ろうとは思っていなかった。でも、トゥレット症候群のあまりにもドラマチックな映画は、まだ一般受けしないんじゃないかとも思ったわ。それでまず最初に、これがどんな病気かを世の中の人たちに知らせる必要があると思って、ふつうの記録映画を作ることにしたの」

「私はコードレス電話を持ち、浴槽の縁に座っていたわ。電話の主の私の友人は、医院で、オリバー・サックス博士の書いた『The Divine Curse』というライフ誌の記事を読んだと言ったの。それは、カナダの北部の村の物語で、そこの住人はほとんどがトゥレット症候群で、トゥレット症候群の村と呼ばれていると聞いたの。その村こそ、私の求めていたところだったわ。その村に映画の制作のために行こうと思ったわ。図書館に行き、その記事を繰り返し読んだのを思い出すわ。記事にはサックス博士に同行したロウェル・ハンドラーという男の人のことが書いてあったの。彼がトゥレット症候群のためにカメラのレンズを粉々に壊してしまったと書かれていたわ。そんな奇妙な行動は今までに聞いたこともなかったわ。私は、その当時、トゥレット症候群のことをあまり知らなかった。それで、あなたに会うのが恐ろしかったの」

「私は、その頃大きなテレビショーをプロデュースする予定だったの。でも、それはキャンセルされた。それで空いた時間ができたのよ。私はテレビ局の便箋を使って、サックス博士にトゥレット症候群の人たちの映画を作りたいという内容の手紙を書いたの。また、彼が聾唖者に関する本も書いているのを知っていたので、私が手話通訳者であることも書き添えたわ。彼はすぐに返事をくれたわ。私は、彼の手紙に誤字があったかどうか忘れたけど、彼のタイプライターにはたしかに何らかの問題があったわ。私が彼に出した手紙のコピーを、彼がトゥレット協会にも送ったと書いてあった。その後、トゥレット協会のスー・レビーから私に、その件について話したいのでニューヨークに来てくれないか、と電話があったの。私は彼らと会った。彼らは、もし本当に映画を作りたいのなら、ロウェル・ハンドラーに会うべきだと言ったわ。スーは、『彼はかなり重症のトゥレット症候群だということを忠告しておきますよ』とも言ったわ」

ローレルと僕は、小人数のメンバーと一緒に旅行し、五年という歳月をかけて、映画『トゥイッチ・アンド・シャウト』を制作した。ローレルは、ディレクター、プロデューサー、映画作家であり、僕は、カメラをもったトゥレット症候群のホスト、ナレーター、アシスタント・プロデューサーだった。結局、ローレルと僕は、四人のそれぞれ特徴のある主役を通して、トゥレット症候群の人たちの生活を視聴者に紹介した。カナダのアルバータのメノー派（プロテスタントの一派）の木材切り出し人夫、ニューヨークの女優兼歌手、トロントの画家・彫刻家で空手の師範、およびプロバスケットボールチーム―デンバー・ナゲット―の選手の四人である。僕たちは、トゥレット症候群を内面からとらえた、ユーモアと人間味に富んだ非常にユニークな映画を作った。

　ディビッド・ジャンセンは、低く、響く声をした、精悍な顔つきの背の高い人だった。彼は、僕たちがインタビューした中で最高齢だった。北カナダにある農村のラクレは、彼の故郷であり、彼とその家族が何世代にもわたって住んできた。彼がオリバーと僕がライフ誌に掲載した物語の主人公になってから、僕はラクレに数回行ったことがあり、彼やその家族とは親しかった。映画『トゥイッチ・アンド・シャウト』の中で、彼は、多くのトゥレッターが共感する、ある出来事を述べている。その時、彼の語る声は震えていた。カメラがゆっくりと接近し、彼の顔が大写しになったとき、目には涙が溢れ始めた。彼は、級友からいじめられていた十代の頃、自分がトゥレット症候群だと知らなかった。

「わしは、ある人のために小さなプレゼントを包もうとしていた時のことを思い出すんじゃ。それは、ほんとうに壊れやすいものだった。そして、それをいたわるように包んでいるうちにチック

僕は，親類縁者の多くがトゥレット症候群でもあるメノナイト一家との交流の中で，ディビッド・ジャンセンと親友になった

のためにとうとう壊してしまったんじゃよ。ほんとうに悲しかった」カメラに向かった彼の顔は、傷つきやすく、真摯だった。わしは、「台所の棚には、ナイフのセットがあった。わしは、ナイフを見て、考えた。自分の体から悪魔をえぐり出すのに最良のナイフはどれだろうか？　と。でも、わしにはできなかった。代わりに、そこに崩れこんで泣いた。何度となく、わしは、そんな考えを持ったんじゃ」

誰も彼を雇おうとしなかったので、彼は、十年近く生活保護を受けて生活した。僕たちが訪れたとき、彼は、製材所兼機械販売店に常勤の職をもっていた。彼は僕たちの映画に出演して以来、どうにか食べていける仕事に就いていた。僕が去年のクリスマスに彼と話したとき、彼は、すべてがうまくいっている。そして、この小さな村の多くの親戚が、テレビで僕たちの映画を見たことを話してくれた。

この映画には、非常に魅力的な女優であるデズリー・レデットも登場している。彼女のリハーサル風景や舞台で歌っている姿が描かれている。彼女はトゥレット症候群を別の面から語っている。彼女には顔面チックがあり、常に眉を動かしている。それは、ほとんど気づかれないほどのものだが、彼女にとって、コントロールできないものである。彼女は南部で育ち、小学生の頃ひやかされた。僕は、彼女が文字どおり、また、実際にトゥレット症候群の動きを聴衆から見られる舞台の仕事を選んだことが面白いと思った。

「人は実際に見ることができないと、それを受け入れるのはむずかしい……。人は成長の過程で、ほかの子どもたちがある人の真似、文字どおりまばたきをし、その人を『まばたき屋』とか『まばたき屋さん』とかの名前で呼んだら、その人の心は傷つき、それはその人の人生に影響を与えるわ。私は両親と一緒に教会や夕餉の卓にすわり、チックをしないよう極度に集中しようとしている。でも、それができないの。すると彼らは、何度も平手打ちをし、やめるように言う。でも、どうしてもできない。私の母は、その当時、トゥレット症候群が何かを知らなかったのよ」と彼女は言った。

彼女の美しい声と舞台での感動的な仕事振りは、自分のことを不完全と考えている彼女の自己評価と、強烈な対比をなすものである。映画の中での彼女のコメントは、僕たちの心の琴線に触れるものであり、子ども心にも社会からの追放者と感じた心の内面を語っている。

芸術家シェイン・フィステルは，
野生の馬に興味をもっていて，それを大胆に描いた

シェイン・フィステルは、画家であり彫刻家で、自分の芸術に真剣に取り組んでいる。映画の中で、彼は、野生の馬を大胆に、力強いタッチで描いている。また、彼の前に静かに座っている女性モデルの胸像を制作している情景が映し出されている。彼は重症のトゥレット症候群で、一瞬たりとも一つ所にいることができず、狂信的な動きで粘土を刻む。しばしば、自ら粘土の塊を床に投げては、再びそれをひろい、突然走って行っては部屋の隅に触り、その後再び戻って来て、奇妙な流れるような動きで胸像の表面を滑らかに仕上げる。

彼は、ぼさぼさの黒い髪をして、常にダッシュし、動き回る若者であり、素早くかつ機知に富んでいて、カリスマ的でさえある。彼は、自分がトゥレット症候群のために辱められたことを激高して語っている。

「人は酒に酔ったとき、通りで大声を出しながらけんか腰になってやってくる」彼は言う。「人々はそれに眉をひそめるが、社会的には受け入れられる。酔った行為は、社会で受け入れられる。でも、僕のチックは受け入れられない。それは、異常なもの、違ったもの、不思議なものとして見られるんだ」彼は、病気のことを案内係に説明したにもかかわらず、映画館から退出するようにいわれたことを話している。「彼らは、人を肉体的、感情的に攻撃する、自尊心を傷つけて、それを正当化しようとする。その上、彼らは自分たちのことを僕のトゥレット症候群の犠牲者だと主張するんだ」

彼は、映画の中でいつも不遜な態度で怒っているが、しばしば鋭い機知をも見せている。「馬たちもチックもちなんだよ」彼は馬を黄色と赤とで生き生きと描きながら言う。彼はジェームス・ディーンに似ている。けれど、伝説的に居眠り病であったといわれている銀幕のスターより、遥かに活動的である。冷笑的なユーモアとエネルギッシュな感性で、彼は、トゥレット的な行動を高い芸術へと変えた。

クリス・ジャクソンは、一八〇センチそこそこの背の低いデンバー・ナゲットのプロバスケットボールの選手だった。アフリカ系アメリカ人で、プロに入ったときには目立たない存在だったが、その後、プロ・プレイヤーとして大成功を収めていた。彼は、後にイスラム教に改宗し、ムハマド・

ムハマド・アブドル・ラウフ（クリス・ジャクソン）は，トゥレット症候群による動きや声をゲームの中に集約する術を身につけた

アブドル・ラウフと改名した。彼はトゥレット症候群について哲学的に話した。

「高校生のとき、一つの出来事があったんです」彼は思い出す。「ある日、鏡の前にいました。非常に調子が悪かったんです。私は、自分の姿を見ていました。素早く不規則な動きが出ていました。当時、いろいろな動きが出ていたんです。その鏡の前に長時間立っていました。私の体は動きすぎて痛くなりました。神様、どうか私のこの動きを止めてください……。私は聖書の中の一節を思い出しました。『すべての弱き者に、神は力を授ける』私の弱点はトゥレット症候群かもしれません。でも、それは私の強さでもあるんです。神は私にバスケットボールを与えてくれました。それによって、私は病気と共生できるんです」

彼には、トゥレット症候群による運動チックと音声チックとがあるが、バスケットボールのコートでは、ゲームで高揚した動きや声とトゥレット症候群のチックによるそれらとを外見上区別できない。この偉大な運動選手は、トゥレット症候群の動きと音声を、目立たない方法でスポーツ活動の流れへと収束している。彼は、この病気に伴う強迫性障害をも、うまく利用していた。映画の中で彼は、ボールが手から離れる時の『ぴったり感』が得られるまでシュート練習を繰り返すので、規定の練習後さらに一～二時間よけいに練習すると言っている。僕は、彼がその完璧主義のおかげで米国プロ・バスケットリーグのフリースローチャンピオンになれたのだと思っている。

僕は、映画の中で、自分がインタビューしたトゥレット症候群の人たちの真の姿を伝えることができた。特に、デイビッド・ジャンセンは、成人するまで自分がトゥレット症候群だとわからなかった。僕が、自分でカメラを回しながらインタビューしているので、映画のなかの彼らはリラックスして自分たちのいつもの生活を見せてくれる。僕は明らかにトゥレット症候群を持っており、彼らと多くの経験を共有している。映画の中の主人公と僕は、互いに強い共感で結ばれているのだ。

映画のハイライトの一つは、トゥレット協会の全国大会の場面だった。それは二年に一回いつも違う都市で開かれる。数百人のトゥレット症候群の患者や家族が交流したり、会員を支援するためのセミナーや、科学シンポジウムが開かれ、そのために全国から関係者が集まり、三日間動きまわるのである。

　前もって、週末に展開される奇妙な集まりがあることを知ってもらっておくために、会場となるホテルでは、説明や注意がスタッフや客に対して行なわれる。

　『トゥイッチ・アンド・シャウト』を撮影中、その会議は、ワシントンD.C.からほんの数分のところにあるマクリーン・バージニア・ヒルトンホテルで開かれた。広く、贅沢なロビーで、一人の女性が「息子は典型的なトゥレット症候群と注意欠陥・多動性障害、強迫性障害、挑戦性障害があるんです」と話すのを聞いた。挑戦性障害は、親が言ったり、することに、激しく反抗することである。彼女の息子にはなんて多くの併発症があるのだろうと思った。僕は初めて見聞きすることが多いのに改めて驚いた。部屋の向かい側に、「私は、エイズだ、淋病だ、梅毒もある」と繰り返し叫びながら歩いている女性がいた。やがて、彼女の言葉は、「プロザックはかまとのための薬だ」に変わった。この合間にも、運動チックや、ホーホーいう音、叫び声、そして、小鳥のさえずりのような声が、昼夜をわかたず聞こえていた。

　数百人の出席者がいたが、ほんとうに話したいと思ったのはほんの数人だった。僕は、トゥレット症候群の影響を受けながらも彼らが適切な選択をしたために、人生において成功した人々に、興味を持った。ペイジ・ビカリーはデンバーに住むクラシック音楽のフルート奏者兼指揮者だった。

ジェイ・グッドマンは、ピッツバーグ市の消防士だった。ジェフ・ビテクとシンデイ・ベネットはトゥーソンからきた若いカップルで、婚約していた。

ペイジは、「私は、十九歳で大学一年生だったときにこの病気の診断をうけ、今二十八歳です。妹が、テレビでこの病気の放送を見て電話をくれたんです。『兄さんは自分ではコントロールできない何かの病気をもってると思うの、私には経験できないことだけど』と彼女は言ったんです。そんなこと考えもつきませんでした。私は、いつもそれが自分の自制心のなさからくるものだと思っていたんです。自分でするんだから、同じようにそれをとめることもできるにちがいないと思っていました。私は妹の話を聞いて神経内科医を受診し、トゥレット症候群だと診断されました」と言った。

「私はいつも首振りとまばたきをしていました。ほかのいろいろなチックもありました。自由契約のフルート演奏家兼指揮者として働いていました。欧州と米国で、客員指揮者としても働いていました。考えてみると、トゥレット症候群のためいつもイライラしていました。今の私には、仕事上多くの責任があります。私は、八十人のオーケストラのメンバーと数百人の観客の前で、しゃきっとしなければなりません。集中するとトゥレット症候群の症状は消えます。自分が気づかないうちにそれは消えているんです」彼は続けた。

「私たちは、大人になってしまうと、子どもの頃とちがって、自分はだれなのか、なにをしているのか、また、やっていることがどういう影響を及ぼすのか、なにを学ぼうとしているのか、分析しようとしません。トゥレット症候群は私に、理解、忍耐、寛容な心を植えつけたにちがいありません。私は、強迫症のために繰り返し練習し、何事も完璧にきちんとしていないと気が済みません。自分にはわかりませんが、多分、このような傾向はトゥレット症候群がなくてもあるものかもしれません」

インタビューを終了する前に、ペイジに最後の質問として、もしトゥレット症候群が永遠に消えてしまう不思議な薬があったら、それを飲むかどうかたずねた。「トゥレット症候群はないほうがいいと思います。でも私は、おそらくその薬を飲むのを拒否するでしょう。なぜなら、願いごとをするときは慎重でなければならないと思うからです。その薬はいったい何を止めるんですか？　人格の一部だってなくなってしまうんじゃないんですか？」と答えた。

ジェイは、十年前からトゥレット協会の集まりで何度も会ったことがある男性だった。けれど、長時間一対一で話したことはなかった。「私の生活は、非常に奇妙なんです」彼は語る。「私は、危険を承知でいろんなことをやる。手に汗を握るようなことをするのが好きなんです。プロの消防士だということを自慢に思っています。ハングライダー、スカイダイビング、急流筏下り、ハーレー（大型バイク）に乗るのが大好きです。スリルがあるものほどやりたくなるんです。それにはトゥレット症候群が関係していると思っていますが、詳しくはわかりません。我々トゥレット症候群の患者は、限界に挑戦するのが好きなんです」

ジェイは、彼の波乱万丈な生活のことを次のように話した。「私は、アルコールと薬物依存から回復した人間なんです。十五年前にやめました。以前はまさに中毒でした。半端じゃありませんでした。自分のうでに注射針を刺すこと以外は、何でもしました。うでに注射さえしなければ、中毒にならないと信じていました。ベトナムを経て、トルコに行きました。ヒッピーも経験しました。自分の病気のことを知らず、ただ他人に受け入れられることだけを望んで、あらゆるものに適応しようと試みました。正確に診断されたのは、三十一歳か三十二歳のときでした。その後、病気であることを受け入れました。今はうまくやっています。何でも包み隠さずにしています。私は次のように書いたカードをいつも持っています。『トゥレット症候群を経験した人には、説明の必要はありません。経験したことのない人には、いかなる説明も役立ちません』それは事実です。人々は、トゥレット症候群に同情的か、あるいは少し認めようとしてくれます。でも、彼らには、それを理解することはできません」

ジェフとシンディは、この会議でインタビューした中で最も若い世代だった。現在二人とも二十代前半で、十代の頃全寮制の学校で知り合った。「僕たちは、二人がトゥレット症候群だということを知っていて、それについて話し始めたんです」ジェフは言った。「僕は、十八歳のときに診断されました。彼女は七歳の頃診断されました。僕は自分がトゥレット症候群だと知って成長することがどういうことかわからなかったけれど、彼女は知っていました」

「母は、私の病気のことをいつも『わかってる、わかってる』と言っていました」シンディは言った。

「私は、母にはわかっていないと思っていました。でも、私や彼にはそれがよくわかるんです。私たちは子どもを持とうとしているんです。そして、もし子どもがトゥレット症候群だったら、私たち以上に彼らの病気を理解できるものはいないと思うんです」

「僕らだったら、初期徴候からわかると思うんです」ジェフは続けた。「そして、それを彼らに説明してやることができるんです。トゥレット症候群という名を与えることに、ある意味では良心の呵責を感じます。でも僕たちは、乗り越えられないようなものを子孫に伝えているわけではないのです。それは、子どもを持たないからといって、なくなるものではありません。それは、ゴミをゴミ箱に捨てておきながら、知らないうちにそのゴミが消えてしまうのを期待するようなものじゃありませんか。子どもを持つことは、僕たちにとって、大きな意味があると思うんです」

「もし、トゥレット症候群の両親が子どもをもてば」シンディは言った。「私たちは、彼らにこの病気のことを教育できるんです。彼らは私たちから学ぶことができるのと同時に、私たちも子どもから学ぶことができるんです」

大会でのハイライトの一つは、クレード・ムツワ博士とのインタビューのビデオ上映だった。彼は南アフリカの伝統的なズールー族の祈祷師だった。民族衣装を着たムツワ博士は、ビデオの中で、トゥレット症候群の人々との経験を語った。「私たちが聖なる病気とみなすものに七つあります。私たちは、それらを『Isifo Samathongo』――神の病気と呼んでいます。あなた方がトゥレット症候群と呼んでいる病気は、私たちの文化圏では、二つの最も聖なる病気のうちの一つです。古い時代には、そのような病気の人たちは長か王か祈祷師にされました。この病気の別名は、『Indiki（けいれん病）』と言います。『Indiki』とは、大きな鼓動や躍動を意味します。この病気の人たちは通常、首を振り、不思議な音を出し、時々ズールー族のもっとも恐ろしい罵りの言葉を発することもあります」僕はズールー族の祈祷師の話を聞いて驚いた。同じ人間でありながらある文化では排斥され、別の文化では尊敬されるとはどういうことなのだろう。

そのビデオの内容は会議に出席した人々に衝撃を与えた。僕たちは、汚名には慣れていて、むしろムツワ博士やその文化のトゥレット症候群に対する宗教的評価にはとまどった。トゥレット症候群は特殊な能力あるいは反対に障害と見られていて、決してその中間に存在するものではない。この病気は、評価されるか拒否されるか、そのどちらかが受け入れられるかという一種の挑戦のようなものだ。僕の経験では、オランダ人は『個性』を大切にし、その差を受け入れることに寛容な心をもっている。これは、僕のオリバーとの旅で経験された。彼は、それを多様性と包括性を強調した哲学者バルク・スピノザと、オランダ人のもつ長いあいだの忍耐の歴史と社会通念に由来していると言った。逆に日本人は、触ったり、捻ったりする行為を、礼を失することだと考える。あらゆる言語において、トゥレッターは、まさにタブーとされる言葉に惹かれる傾向がある。そして、どのような文化においてもそれを抑えることができない。

大会は、非常に啓蒙的な週末となった。ローレルと僕は、映画のための多くの資料を手に入れることができた。そして、僕はそれ以上のものを持ち帰った。映画作りが、この病気をもっているいないにかかわらず、他人とのより広範な結びつきの機会を与えてくれたのだと思った。それがどのような形であれ、他人とのちがいを受け入れて生きている人たちは、そのちがいを強調するより、むしろ、人生において共有できる部分に目を向けていくようになるのである。

多くの人たちがその映画に参加することを望んだ。米国中、いや世界中に、この病気の人に対する思いやりの欠如および誤解について、自分の経験を伝えたい人たちがたくさんいた。いたるところでこれらの人々は奇癖や特異性を発揮しており、しばしばそのために孤立していた。二年ごとにこの大会に集まる共同体は、同時に、トゥレット症候群の人たちの連続体でもある。けれど、僕たちは日々、家族、職場の同僚のなかで、『悩めるもの』として目立ちながら生きている。トゥレット症候群は、以前考えられたほど稀でも特別なものでもないかもしれない。それに、いったん僕たちと共有できるものがあるとわかったら、僕たちをより一層理解しようとする多くの集団がいることを、僕は信じている。

『トゥイッチ・アンド・シャウト』の制作が終了しようとしている今、僕は、自分の考えをここに書きとめたい。『僕は自分が会った多くの人たちから沢山のことを学んだ。僕たちは、経験を共有できるという意味において、会ったそのときから友人だった。それは、普遍の経験であり、興奮であり、刺激である。また、常に誤解の体験でもあり、時には、汚名も経験した。けれど少なくとも、今や、僕は孤独ではない』

映画制作を冒険の旅にたとえるなら、僕にとって、それは一種の癒しとなった。けれど、ローレルにとっては、困難そのものだった。「いろいろな意味で、それは非常に難しい映画づくりだったわ」当時を思い出して彼女は言う。「私にはお金がなかった。でも、一番の問題は主役だったわ。トゥレット症候群という病気は、私にとって自分の生活をコントロールできないもっとも困難なことだった。私にとって、映画をつくることはそれを解消する方法ではなかったわ。それはこの病気をもつ人々の痛みにさらに接近することだった。そして、そこに自分自身の痛みの投影を見たの」

この映画が、今までこの病気を知らなかった人たちに、トゥレット症候群の人々の実態を説明する機会を提供することになるのを知ると、ローレルは、彼らを代表しているというさらなる重責を感じた。「私はトゥレット症候群の人たちにたいして大きな責任を感じたわ」彼女は続けた。「特に、私の映画の中に登場した人たちのなかでも、トゥレット症候群をかかえた生活に現実的かつ前向きに対処している人たちにたいして。今まで経験しなかったものを経験していることがわかったわ。単におもしろい映画を作ろうとしているのではなく」彼女は言う。「多くのいたわりと愛とを表現するものをつくっているという多くの責任と恐れを感じたの。うまくいかなかったらどうしよう、誰かを傷つけたのではないか。何かを誤って伝えたのではないか――。多くのプレッシャーを感じたわ」

最初に出会ってから五年間のさまざまな試練、映画の計画、制作、編集を通して、僕たちには疲労といくぶんの憂鬱が残った。『トゥイッチ・アンド・シャウト』が完成したとき、映画を放送するというテレビ局からの依頼も、それがスクリーンに受け入れられるだろうという考えもなかった。ローレルは制作のために多額の負債を負った。最初、取材旅行や映画作りの過程は、心踊るものだった。けれど、数年後、それは、退屈さと重荷になった。彼女はしばしば、別のプロジェクトのため、この映画制作を中断しなければならなかった。僕たちは、最終的には注目に値する映画をつくるという確信があった。けれど、制作期間が長くなるに従い、しだいにイライラが募っていた。僕はプロジェクトを通してみせたローレルの不屈の精神と決断力に、絶大の信頼をおいていた。でも、僕の忍耐力は弱かった。早くこの長い旅を終わらせたいと思った。

数カ月後、映画は完成した。僕たちは全国民が見てくれることを希望していた。どのような結果になるのかはまったく未知数だった。『トゥイッチ・アンド・シャウト』は、ニューヨーク市の近代博物館およびリンカーンセンターで上映された。そして、サンフランシスコ国際映画祭で、最優秀記録映画賞を受賞した。また、テレビ部門の評価でもその年の最高点を獲得した。そして、一九九六年、エミー賞の候補になった。ローレルと僕は誇りと満足感をいだきつつ祝賀会に出席した。

149

第十章

第二の人生

『トゥイッチ・アンド・シャウト』の制作とその映画の成功により、僕は、自分の病気から生ずる問題と結婚生活の崩壊の現実から逃避することができた。映画の制作のためにいつも旅に出ていた。それは、僕に自分の個人的な問題を忘れさせた。けれど、スザンナとの距離は果てしもなく広がってしまった。一つは僕のマリファナの使用量が増えたためであり、もう一つには、二人の性格の不一致によるものだった。日々の生活の中で、電車に乗ったり、映画を見たり、といった社会生活を円滑にしたい状況下で、その手段の一つとしてマリファナを吸い続けた。それは症状を軽快させた。自己療法は簡単だった。一日に何回となくマリファナを吸った。そして、いつもそれに酔った状態だった。コールド・スプリングのテリーの家や他の友人の家には昼夜青年たちがたむろしていた。そこで僕たちは、何日間にもわたって、ハシーシ・ブラウニーを食べたり、酒を飲んだり、クロケットをしたり、水鉄砲遊びをしていた。彼女は僕のこの行動と二人のあいだの意志の疎通の欠如によって、さらに傷ついた。僕の生活は徐々に荒れていった。彼女はジョン・エフ・ケネディー校での研修コースを受けた。僕は、彼女がしばらくでもこの町から出て、僕から離れられるのがうれしいのだろう、と思った。

二人のあいだにはさまざまな問題があるにもかかわらず、僕たちはそれまでと同様に、時には、ユダヤ人の友人の結婚式に一緒に出席するというような楽しい時をすごした。二人の共通の友だちであり、トゥレット症候群をもっているハンナとディビッドは、日差しの暖かい春の日に、両家の共通の友人であるユダヤ教のラビによる司式のもとで結婚した。式と披露宴は、ニューヨーク市の北のウエストチェスターのエレガントなレストランで行なわれた。ハンナはトゥレット症候群の非常に軽い例であり、一方、ディビッドは重症である。彼には僕が名づけている『無意識の中での神経の動き』がある。ディビッドは、彼の周りの言葉に反応して、トゥレット的な言葉を発したり、一人芝居をした。これは、結婚式のような緊張した状況にある公式の場で著明になった。

「私たちは、今幸福に満ち満ちています」ラビは始めた。「ディビッドとハンナは、私たちとトゥレット協会を招待してくれました。協会が二人を結びつけ、二人はそれに貢献してきました」

「金、金のように」とディビッドは叫んだ。ラビの個々の言葉にたいし、彼は軽妙に反応した。しばらく、出席者はラビの次ぎの言葉を待った。

「皆が人生に期待すること」とラビは続けた。

「感謝に満ちた使い古しのテープ、感謝に満ちた使い古しのテープ」とディビッドは続いて言った。

このようなトゥレット的な『応答』は珍しいものではなかった。僕は同様の症状を示す多くの人たちに会ってきた。みんなディビッドの不思議な応答をくすくす笑った。けれど、彼の友人や家族として、僕たちは彼のことを理解していた。

バンドが演奏を始めると、人々は、踊り、楽しんだ。スザンナは、ディビッドの行動に少し驚いたかもしれないが、披露宴を楽しんでいた。彼女と僕は、互いの友人の枠を越えた大きなグループの中で幸せそうに見えた。ビルの片側はガラスになっていて、美しい芝生と庭園が見えた。百人以上の人々が出席した。みんな楽しいときを過ごしたように見えた。僕は、一人でコールド・スプリングに留まらなければならないことを心配した。スザンナがボストンに行ってしまったとき、僕は、精神的および肉体的に、二人の距離の遠さに失望した。僕は朝から夜までマリファナを吸いつづけた。ある夏の日の午後五時頃、僕は、彼女のペットのウサギを迎えに行くことになった。彼女が留守のあいだ、友人が世話をしてくれていたのだ。ラッシュアワーだった。僕は道路が混んでいるのを知っていた。すでにマリファナに酔っていたにもかかわらず、外出直前に自分の気持ちを和らげるためにマリファナに火をつけた。僕の車は修理中だったので、スザンナのスバルに乗っていた。僕は、突然出る素早く不規則な動きを恐れていたので、自分で運転するのは、滅多にないことだった。

僕は、たいした混乱もなく、パークウェーの入り口に達した。けれど、停止信号で、毎時九〇キロ以上のスピードで走ってくる車の音を聞きながら、僕は車の流れの中に入りこんでいくスペースを見つけることができなかった。混乱し、苛立った。スザンナがいないことへの怒り、それによって大きな影響を受けている自分への怒りだった。車を試すように小刻みに、何度もブレーキを踏んだ。右手を見た、そこには北に向かう車の流れがあった。僕は、隣接する車線にすごいスピードで走っている車の大群を見た。次の瞬間、誤ってアクセルを踏み、ハンドルを左に切って、対向車線に入った。そのとたん、大きな衝撃を感じた。車は横にスピンし、ガラスの割れる音と金属が押しつぶされ砕かれる音に包まれた。死が差し迫っているのを感じた。その音を聞きながら、僕の意識は薄れ、十代のある晩、ファーニス・ドック通りで、新品の十段変速自転車からすべり落ちた時のことが頭に浮かんだ。自転車といっしょに倒れていると、婦人が「大丈夫？」と声をかけた。彼女の車は、道の中央で僕の体からまさに数センチのところで止まっていた。僕は、泥や草だらけになり、やっと歩ける程度だった。何かをつぶやき、友人の家へと向かった。

このような記憶が、瞬時に僕の頭を駆けめぐった。救急隊員が、かげをとどめないほどに壊れた車の座席にいる僕を揺り動かした。気が付いた時、僕は、自分の手足を動かすことができなかった。救急隊員が車から救助した。名前と住所をたずねる声があらゆる方向から何度も聞こえた。担架で救急車に乗せられた。両手に激痛を感じていた。そのために、こわばり、動かせなかった。病院のベッドに横たわり、全身のレントゲン写真が撮られた。骨折がないことが告げられると、帰宅が許された。けれど、歩けなかった。僕はウサギのことで会うことになっていた友人を呼んだ。彼らは、病院に迎えにきてくれた。僕の体は、全身傷ついていたので、車に乗るのが大変だった。家に帰り、ベッドに入った。僕はとても恐ろしかった。起こったことが真実だとは信じられなかった。

次の朝、僕は電話で起こされた。

「もしもし、ロウェル、ジョイスよ。昨夜パークウェーで会ったわね」それは、僕の車と衝突した車を運転していた女性だった。彼女がなぜ電話してきたのか、不審に思った。新たな不安でいっぱいになった。彼女は次のメッセージを伝えるために電話してきたのだった。「神様は私たちの人生にやり直す機会を与えてくださったのだと信じてるわ、そして、私たちも、それを生かすべきだと思うの」

次の日、ハーバードにいるスザンナに電話をして、自分の身に起こったことを話した。彼女の車は完全に壊れてしまった。彼女は不機嫌だった。僕の交通事故は、今年三回目だった。ジェイが大会で自分のことを称して言ったように、僕も『危険の請負人』なのだろうか。前の二回は単独事故だった。誰も傷つけていなかった。けれど彼女は、僕の判断力に疑問を持ち始めた。前回までの事故ではマリファナは吸っていなかったが、いずれも自分の過失だった。

麻薬の使用にともなう僕の散漫な態度と今回の交通事故により、僕たちの結婚生活は簡単に崩れ去った。彼女が家に戻ると、僕たちは、僕のＭＲＩ（磁気共鳴撮影像）の検査とリハビリ訓練の予約の合間をぬって、別居について話し合った。僕は先の事故のとき、脊髄に損傷を受けた。そして、手術の必要があるかどうか、神経外科医に相談することが必要だった。彼女は、医者の予約にいつも付き添ってくれた。僕と医者とのあいだに入り、細かく話をして、僕の回復過程を援助してくれた。ニューヨーク・メディカル・センターの神経外科医は、徐々に回復するだろうから、複雑で、危険で、高価な手術はしないほうがいいとアドバイスしてくれた。僕たちは、彼のアドバイスに従うことにした。

結婚生活はうまくいかなかったが、一年後には僕の体は少し回復した。僕たちは、しばしば互いのうでの中で泣いた。けれど、彼女は事故の責任が僕にあると考えていた。彼女の考えはもっともだと思った。ある夜、彼女は「もう、こういう状態を続けることはできないわ」と言った。そのとき、僕には彼女の言わんとしていることがわかった。弟のエバンが新しい住宅地のアパートに移ったとき、僕は南部マンハッタンの彼の古い家（そこは、今から一二年以上前、ちょうど僕がトゥレット症候群と診断された大学生の頃住んだアパートである）に引っ越すことにした。

たった一人の一心同体だった女性が、自分のもとから離れていくのを感じた。脊髄の損傷のため、再びうまく歩いたり、走ったりすることができるのかどうかわからなかった。僕は、怯え、不安になった。そして虚脱状態になった。

スザンナと僕は、離婚届にサインした。それから僕は、三年間の結婚生活でたまったものの中から自分のものと彼女のものとを分け、自分のものをボックスにいっぱいになるまでゆっくりと詰めた。自分が家庭という安全な避難場所から離れていくのを感じた。エイプリル・フール（それは、十六年前、自分をよりよく知る目的で実家を出た日と同じだった）に引っ越した。僕は再び不確定な未来に直面していた。

早春のある日、ニューヨークのイースト・ビレッジに引っ越すその時、僕は、古い隣人との再会に驚くほど心がウキウキしていた。人々の生活の速いペース——至るところにある躍動感——に、自分の棲家に戻ったのを感じた。スパイク状に尖がったオレンジヘアーのチンピラと薬売人のヤッピーが混在していた。年老いたポーランド人とウクライナ人の婦人たちが、スカーフをまとい、歩道に沿って注意深くショッピングカーを押しながら歩いていたし、ホームレスは金を求めて手を差し出していた。携帯電話を手にアルマーニのスーツを着た男たちが、肩で風を切って街角を曲がる。一方では、酒を飲んで夜中に帰宅する陽気な酔っ払いがいる。僕は、短期間に隣人との多忙な生活に溶け込んでいったので、離婚の感慨に浸る余裕がなかった。アパートを整理するのに数日間かかった。二番街のコーヒーショップにもしばしば通った。

陽気で明るい配色の小さな食堂兼コーヒーショップ、ミッションカフェーで、僕はチックの魅力的な若い女性に会った。僕は最初、彼女への接近をためらっていた。けれどほどなく、僕たちは知り合いになったので、僕は彼女のテーブルに行き、自己紹介した。

「私はジェニーっていうの、どうぞ座って」と彼女は言った。僕はジェニーに、彼女がトゥレット症候群なのかどうか聞いた。彼女は、数カ月前に診断されたばかりだと言った。彼女は有名なニューヨークの美術大学の二年生だった。彼女は郊外で育ち、画家になった。僕は、自分と同じようにトゥレット症候群だということを知らないで成長した彼女に、興味をもった。最初の出会いから、彼女に強い共感を覚えた。二人とも人生の同時期に診断されたので、トゥレット症候群であることに、なにか神秘的なものを感じていた。彼女は魅力的だった。自分の障害にたいする家族の反応についての彼女の話は、正直だった。

「長いあいだ、私はチックと付き合ってきたわ。でも、それがどういうものか知らなかったの」彼女は説明した。「母はそれがアレルギーだと思っていたわ。でも、どうしてそれがアレルギーなんだろう。私は理由を知りたかったの」

「一年生の頃、先生に、何のために鼻に皺を寄せたり鳴らしているの、と聞かれて、困ったわ。先生のそんな態度が私に大きな影響を与えたわ。私は仲間はずれになってしまったの」彼女は思い出す。「友だちがいなかったの。でも一度だけパーティーに招かれたことがあったわ。それは、友だちのアリソンのためのものだった。そこに招かれたみんなは私を玉突き台の下に押し込んで、そこから出ようとすると、キューで突いたの。それは、一種の拷問のように思えたわ。それを思い出すと、今でも恐ろしいの」

「私が十歳で、カトリックの私立学校から公立学校に転校した当時、いろいろなチックがあったわ」彼女は続けた。「息をきらすような音をたてたり、頭を振ったり、首の動きは最悪だったわ。私のことを好きだった一人を除いて、どの男の子も私をからかったわ。ある日彼も私をからかったの、でもすぐに謝ってくれたわ。彼は私の目をじっと見つめたの。私は十歳だったけど、それを初恋のように感じたわ。その光景は、かって、ABC放送で見た映画の一シーンのようだった」

「私の自尊心は最低だった。でも、今は自分に自信があるの。誰かが私をからかったら、私は彼らに言うわ。私が自分ではどうしようもできないことをからかわないで、卑怯よ！　それはまるで私の目の色が生まれつき茶色なのをからかってるのと同じよ」

「私も多動症なの、だからじっとしていられないの。五年生の時、スクールカウンセラーのところに連れて行かれたの。彼は、私が少し神経質な子どもだと思っただけなの。そして彼は、実に単調でイライラする私との会話の内容を一生懸命記録していたわ」

「大学二年の時、友人の一人にレイプされたの。弁護士に訴えたとき、私はノドを鳴らしたり、チックに忙しくて、自分の言いたいことのすべてを言い尽くせなかったの。父は私をどなったわ。

私は、『もうちょっと気にかけてくれてれば、今までに、チックがあるってことがわかったはずよ。私はそれを抑えられないのよ』と言ったの。彼はすぐにわかってくれたわ。ただイライラしただけだったのよ。私も短気だから、それ以上いやな思いはしたくなかったの」

多くの他のトゥレッターと同様に、ジェニーは、彼女の病気を心理的原因だと考える医療専門家と面接した。「私は二人のセラピストと会ったわ」彼女は説明した。「一人は、私が精神的および肉体的に親から虐待を受けていると言ったわ。私は『そんなことありません』と言ったの。実際その事実はないのよ。それ以来、彼女のところに行くのをやめたわ。私は、結局、自分のチックがなんなのか、それについて話したかった。それに辟易していたから、原因を知りたかったの。そこで、神経科医を訪ね、それが原因を知るきっかけとなったのよ」

話しているうちに、彼女の緊張がとけた。「私は乳首を三つ持ってるの」彼女は口を滑らせた。「それにピアスをしたの、見せてあげるわ」彼女はシャツを上げた。「母は『もしビキニを着たいなら、それを取ってもらったら』といつも言ってたわ。でも、私はそれを誇りに思ってるの、これは私の小さな赤ちゃん、体の一部よ」

「トゥレット症候群が私に教えてくれたことは、謙虚さということだわ。私は、自分で言うのも変だけど、人の痛みがわかる人間よ。私はいつも社交的なの。あまりにエネルギーが多すぎて、そうせずにはいられないの。ほかの人はそんな私を見てかわいいと思うらしいの。息を切らすようなチックのことを、キュートだと思うのよ。どんなことも秘密にするのは嫌いよ。この生まれつきの珍しい小さな奇形が私に多くのことを教えてくれるの。私を支えてくれるもののように、第三の乳首を受け入れられるの。私は、何も悩んでないわ。トゥレット症候群の人たちの特徴は、非常に愛情深く、愉快で、暢気なことよ。実際、謙虚さを教えられたわ」

　ジェニーは僕よりずっと大人だった。自分の状況をうまく受け入れていた。病気を診断されたとき、僕たち二人は共に美術大学の二年生だったが、彼女は、今やトゥレッターおよび女性として、自信を持ち、自分に満足していた。この自信のおかげで彼女は他人から暖かく迎えられていた。僕は、彼女より陰気だと思う。それは治療薬の差によるものかもしれない。

　彼女は、僕が協会を介さず偶然出会った最初のトゥレット症候群の女性だった。ときどき会って、彼女の自信に勇気付けられた。僕たちは、トゥレット症候群という共通点を持っているが、同時に、偶然互いに見知らぬ者同士として遭遇したのだった。僕は、あたかも彼女が、世の中のトゥレッターたちとの出会いへの掛け橋となっているかのように感じた。

　週末に、僕は隣人と交友を温めるために散策した。カフェの外には、かっこいいカップルが休息をとるために座っていた。彼らは背が高く、手や首に金属の飾りをつけ、皮製品を着て、セント・マークス・プレースの周りの階段にたむろしていた。ミニスカートでハイヒールを履いたセクシーな女性たちが、街路樹に縁取りされた道路で、犬を散歩させていた。ほかの者はといえば、みな黒装束に濃いメーキャップをして、現代社会という『強制収容所』に入れられた囚人たちのように見えた。

セント・マークス・プレースから少し離れた二番街には、あらゆる品物——中古の衣類、電話器、台所用品、そして、ポルノ写真が毛布の上に所狭しと置かれていて、ペルシャの市場のようだった。僕は一瞬、一枚の毛布が品物と店主をのせて空を飛び、そのすべてが別の土地に運ばれるのを想像した。歩いていると、空が暗くなり、滝のような雨が降り始めた。突然、人々は天幕や建物の陰を求めて走りだした。僕は若いセールスマンと肩を突き合わせるように狭い戸口に立った。彼は五〇セントと書かれた白いビジネス・サイズの封筒を抱えていた。

「二五セントで買わないか」と彼は言った。僕はそれを買った。それから、雨の中を家に走った。そして、台所の椅子に座り、封を解いた。便箋に、手書きで、次のように書かれていた。

酒、タバコ、麻薬で汝の身を創造せよ
神を求めよ
後継者を募れ
然る後、去れ

その瞬間、僕は、つくづく、狂気に満ちたイースト・ビレッジが自分の故郷だと感じた。僕は、この町、そこのビルに住む変わり者の一人になった。まさにここに留まったのだ。

第十一章 トゥレット文化

この数年間、僕はトゥレット症候群の世界に夢中になってきた。オーファン・ドラッグ法、オリバーとのトゥレット協会での活動および『トゥイッチ・アンド・シャウト』の映画の撮影を通して、僕たちトゥレット症候群の人間は、この病気によって世の中の見方がどのように変わるのかを考えてきた。僕は自分の心の内面を探るのに多くのときを費やしてきた。そして、今、僕はトゥレッターとして、僕たちが共通に持っているものは何だろう、また、個々に違っているものは何だろうと考えるのだった。『トゥレット文化』という明らかに特異なものがあるのだろうか。

イースト・ビレッジに移ってからすぐに、僕は、マンハッタンの映画館で『トゥイッチ・アンド・シャウト』を上映した。上映後、長い髪と鋭いまなざしの美人が僕に近づいてきた。彼女は、名前をエレンと言った。そして、少しチックしながら握手を求めてきた。話し始めると、彼女は、内気だが自信ありげに見えた。僕たちは、聴衆がいなくなるまで話した。そして、帰り際、僕は彼女にまた会って話したいと申し出た。彼女は僕に、おずおずした筆跡で電話番号の書かれた一枚の紙切れを手渡した。

翌週、僕たちは二、三回電話で話した。ある夜、彼女は、僕のアパートの近くの地下鉄の駅から電話をかけてきた。彼女にアパートに来るように言った。遅い時刻だったが、彼女に会いたかった。「ほんとにいいの？」彼女は聞いた。僕は一週間前に会ってから、彼女のことが頭から離れなかった。彼女は知的で、本を読むのが好きだったが、重症の強迫性障害のため、数年間働いていなかった。彼女のチックは、強迫性障害に比べて軽症だった。彼女は、この障害のために政府から障害年金を受けていた。けれど、そうしなければならないことは、彼女にとって憤りであり悩みだった。

最初僕のアパートにきた夜、僕たちは、お互いの生活や読んだ本について話した。そして、互いに惹かれ合っているのを認めるのに長くはかからなかった。共に過ごした数カ月間の愛は、最初からトゥレット的で、情熱的だった。僕が、初めて会った人と良い意味ですぐに議論したり親しくなったりするのは、稀なことだった。不思議な壁はあったが、彼女との場合はその稀な例だった。彼女が自分のアパートから出るのに時間がかかるため、指定した時刻に会うことはなかなかできなかった。遅れる理由を、彼女は決して僕に説明しなかったが、実際には、強迫性障害によるあらゆる種類の儀式のせいだった。その中で彼女が自ら明かした一つは、抜毛症、すなわち、衝動的に眉毛を抜くことだった。それが彼女の外見に悪影響を与えるので、彼女はこれに悩んでいた。僕は、彼女が自分の毛を抜くのを見たこともなかったし、強迫性障害の多くの見えざる面を特定するのは困難だった。彼女はそれについて僕と話したことがなかったので、彼女の強迫性障害の詳しいことについてはわからなかった。けれど、僕は多くのものがあると推測した。これが僕たちの『正常な』デートを妨げた。

彼女の僕のアパートへの訪問は続いた。彼女は、僕に自分の住所を教えなかったし、彼女のアパートに行くことも許さなかった。彼女は自分のアパートは、残飯やガラクタでいっぱいだと説明した。彼女は食べ物に触れるのを恐れた。そのために、一二時間から二四時間も何も口にしなかった。朝、僕のアパートで、しばしば浴室に鍵をかけ、二時間も出てこないことがあった。いろいろな意味で、彼女は都会の隠遁者だった。買い物と僕のところに来るときだけが、外出する機会だった。連絡の多くは、電話で行なわれた。彼女はいつも留守番電話にしていた。そして、僕の声を聞くと受話器を取り上げた。彼女は、また、二人の間で電話用の暗号をつくった。留守番電話には「Ben Yahoota, this is Maximum Bob calling. Tourette Boy, this is Tourette Girl on the line」というメッセージが入れてあった。

二人の夜は、強烈な性の探求だった。彼女は、かわいらしく、上機嫌でやってきた。「ご機嫌いかが？」彼女は僕に挨拶した。僕たちは、彼女が戸口から入るや否や抱き合い、裸になった。二人の性の饗宴は、自由かつ熱烈で、開放的だった。数時間の性のゲームの後、虚脱し、健康な眠りについた。しかし、アパートで一人になったとき、僕は、僕たちの共有するトゥレット的表現とその性愛的表現が、二人の関係を維持するのに充分なものかどうか疑った。彼女は、決して外出したがらなかった。僕たちのコミュニケーションのすべては、性的なことであれなんであれ、トゥレット主義に特徴付けられているように思えた。

僕は、彼女に惹かれたにもかかわらず、社会に適応できない人との関係を望まなかった。ほかの女性たちが僕に向けるのと同様な偏見を自分が持っているという罪悪感が、僕を悩ました。僕の『違い』のため他の女性たちが僕にほとんど目もくれないのと同様に、たぶん、僕も彼女のことをあまり考えていないのだろう。僕は、『障害をもった人』、トゥレット症候群の人のパートナーになることのむずかしさを、おのずと知った。また、僕より重症のトゥレット症候群の人と過ごしたときの恐怖を思い出した。彼女は病気を公にするという僕の態度に、徐々に怒りを増した。そして僕を『トゥレット症候群の王様』と名づけた。僕の書いている本が、人々に情報を与えることばかりではなく、読んでおもしろい娯楽的な要素をも意図しているという話をしたとき、彼女は怒った。「娯楽ですって？　フーン。病院に行って、慢性的な病気の人たちをごらんなさい。あなたはその人たちを笑いものにできるの？」

「あなたは、トゥレット症候群を売り物にしているのよ」彼女は非難した。「私はもううんざりだわ。あなたはそれを勝手に本に書くといいわ」

僕は、プロとして働くとき、自分が病気をもっているが故に他の写真家や編集者とは別なのだ、ということをよく知っていた。けれど、この違いが障壁となるのはいやだった。自分が他人と同様に仕事ができることを証明したかった。数年前、メイン州の小さな町で開かれたメイン・フォトグラフィック・ワークショップで、僕は以前から興味をもっていたプロの集いを召集することになっていた。これは、大きな雑誌の編集者が集い、作品を批評する会だった。メインのロックポートで過ごした三週の間に、僕は英国の有名な戦争写真家のドン・マコーリンに会った。彼は『Is Anyone Taking Notice』(邦題『だれか気づいていますか』)という本を出版していた。その本は、世界中の戦争犠牲者や戦争によって人々が引き裂かれた状況にいることを、世間に知らせることになった。彼は、僕に、もう一人のトゥレット症候群の写真家を知っていると言った。「彼は、今パリにいて、ニューズウイーク誌の仕事をしている。君はロバート・プレッジと話すべきだ。ロバートなら、彼に会う手段を知っているだろう」と言った。

僕は、ワークショップのワインレセプションでロバート・プレッジに会い、自己紹介した。彼は、ニューヨークとパリとを基地として、雑誌のためのニュース写真を専門に扱っている写真代理店、コンタクト・プレス・イメッジズのオーナーだった。彼はトゥレット症候群の写真家でフランス人のジーン・クロード・ラッベを知っていた。「彼はベトナムに長いこといたんだ」ロバートは言った。「ニューヨークに帰ったら、彼に会う手立てを考えてあげよう」

彼がニューヨークに帰った後、僕はロバートから、ジーンがしばしばニューヨークに来ていることを聞いた。そして、僕たちが会う機会を与えてくれる約束をとりつけた。電話でジーンと話したとき、彼は流暢に、また、トゥレット的に三つの言葉、フランス語、ベトナム語、英語の汚言を発した。彼はアジア文化に魅せられていた。一九七〇年代初期からベトナムで写真を撮りつづけ、ニューズウイーク誌にセンセーショナルな記事を発表した。

翌年の秋、ジーンは、ニューヨークへ来ることになっていた。同じ頃、ロックフェラー・センターのニコンハウスで、メイン・フォトグラフィック・ワークショップで選ばれた優秀作品の授賞式があった。僕は、僕が撮ったトゥレット症候群の医者であるオリン・パーマーの作品に対して、名誉賞を受けた。ニコンハウスに着いたとき、僕はロバートに、ジーンが来ているかどうか聞いた。「彼がここに来ればすぐにわかるよ」とロバートは言った。その瞬間、僕は大きなのど
を鳴らす音とそれに続く叫ぶような声を聞いた。それがジーンが着いた知らせだった。

彼は、歩く度に手足を不規則に伸ばしたり、振ったりしている小柄な男だった。彼は、首からカメラを下げ、常にシャッターを切っていた。それが彼の発する声と調和して、まるで交響曲を奏でているようだった。ジーンの仕草は意味のある動きをしているようでもあり、また、あたかもリズ

ムをとっているようでもあり、なんとはなしに音と動きがさまになっていた。

僕たちは互いに自己紹介をした。彼は、フランス語訛りの英語で、「あなたがアメリカのトゥレッターなら、私はそのフランス版ですよ」と言った。僕たちはすぐに意気投合した。けれど、今は受賞式の準備をしなければならなかった。僕の友人であり代理人でもある、ハワード・チャプニックが来た。聴衆も集まってきた。部屋は静かになった。悪いことには、ジーンと僕が発する大きな音が次第に目立ち始めた。ハワードが話し始めた。ジーンと僕の声がひどくなればなるほど、僕の音や動きもひどくなった。この『まねっ子』的なトゥレット症候群の症状は、集団化すると典型的になる。

ニコンの関係者がロバートに言った。「あなたの友人は、大きな音をたてすぎる。酒でも飲んだに違いない。やめなければ、彼らを部屋から出しましょう」

「知らないと思うんだが」ロバートは言った。「これは病気なんだ。彼らはそれを止めることができないんだよ」「二人ともですか」とニコンの関係者は信じられない様子で聞いた。

公式行事が終わった後、ジーンと僕は、ニューヨークで彼のお気に入りの場所であるチャイナタウンへ行くためにタクシーを呼ぶことにした。授賞式の会場の人々は、僕たちの症状によって混乱させられた。僕たちの行動を怒ったり、顔や態度にだす者もいた。僕たちの行動をどう受け取っていいのか困っている者もいた。僕たちは、チャイナタウンでジーンが馴染みの場所を見つけるまで、中国料理が醸し出す香ばしい香を嗅ぎながら、何時間もトゥレット的に歩き回った。お気に入りのレストランに入ったとき、僕たちの『奇妙さ』に気がついた親切なウェイターに、席に案内された。すばらしい祝いの料理を注文し、そして、それを食べた。ウエイターは、「戦争に行ってらしたんですか」と僕たちに聞いた。

トゥレット症候群についてのジーンの他人への反応は、僕とは違っていた。僕は他人に聞かれれば誰にでも説明したが、彼は説明するのをいやがった。

翌日、僕はジーンをケネディ空港に送った。搭乗を待つあいだ、カフェで昼食を取った。蹴ったり叫んだりしているのをみて、ウェイトレスは「お二人とも、大丈夫ですか？」と聞いた。「僕たちは、麻薬でハイになってるんだ」と彼は素早く反応した。「ちがうよ」僕は言った。「二人とも、神経の病気があるんだ」

「私はあなたを信じるわ」とウェイトレスは僕の方を向いて言った。

中世から、奇形や『違い』を持った人々は、彼らの奇妙さを、ユーモアと演技で過剰に補ってきた。この自嘲的な態度が、彼らを王宮道化師やサーカス団員のような仕事につかせた。けれど、賢人と愚者との役割は、ときどき、入れ替わるものである。子どもの頃から培われた、高度に発達したユーモアの感覚が、しばしば、トゥレット症候群、注意欠陥・多動性障害、学習障害の者にみられる。子どもの頃からおどけた行為を見せるのは、受け入れられにくい社会への適応の試みである。最近、ジョージ・リンという児童精神カウンセラーの書いたエッセイを、インターネットで見つけた。彼は、このような子どもたちを『異なった注意力の持ち主』と呼び、「体験をそのまま糧に生きていて、道化師やシャーマンの原型に通じている。危機の際、彼らの不思議な能力は変化し、人々を危機から救うために発揮される。進歩の過程で、すべての常識的な答えが通用しないとき、私たちは、この奇妙な子どもたちの中に不思議な能力と特異な性格の出現をみる。なぜなら、異なった注意力の持ち主である子どもたちは、『狂気の芸術性』または『小さなアナキスト（革命家）』とも言うべき挑戦的性格を持っているように、彼らは、また、その奇妙さゆえの類まれなるすばらしい能力を持っているからである。私たちが、人間として二十一世紀に生き長らえるには、これらの能力が必要である」と述べている。

注意欠陥・多動性障害、トゥレット症候群、強迫性障害の人々にみられる『他人との違い』の程度は、外的、環境要因にも関係がある。ジョージ・リンは続ける。「私の聡明な十歳半の息子は、トゥレット症候群である。彼の病気の一部分は、二十四年前、私がベトナムで受けたエージェント・オレンジ（強力な除草剤の一種）の曝射が原因かもしれない。スタンフォード大学の研究によると、環境要因の異常が神経疾患の潜在的な原因になりうることが示されている。私は、生命の危機に直面したり、精神的衝撃の後に最初の症状を経験した、何人かのトゥレット症候群の人たちに会った。

私の友人のローズは、十五歳の時に疾走する馬から落ちたという恐ろしい経験を持っていた。彼女は数日間意識がなかった。その後病院で気がついた。そして、トゥレット症候群の症状を経験し始めた。この病気が環境要因によって生ずるか否かは不明だが、僕たちが人口過剰な、異常に汚染された世界に生きていることは、まさに事実である」

僕が、このエッセイのことを父に話したとき、彼は、僕がまだ小さく、他人と明らかに違った行動をする理由がわからなかった頃、二人で話したことを思い出して語ってくれた。

「私は、おまえにいつも言ってきた。『不思議に思うことはない、これは未来の姿なんだ』おまえたちのような人間は、次なるステージへ我々を誘ってくれる牽引車だ。やがて、人間は、頭が大きくなり、目が飛び出し、髪がなくなるんだ。彼らは、バック・ロジャースのように、背中にジェット噴射機を背負うだろう。そして、体は、大気による影響、我々が今まで地球にしてきたことのつけで、非常に小さくなるだろう。おまえたちは、我々が人間として、金や『進歩』のためにやったことに対する代償を負っているんだ」

たぶん、父の理論は、広くは認められていないだろう。僕は、『注意力の差』と天才や創造性とのあいだに関係があるかどうか知らない。画家のゴッホは、たしかにてんかんを持っていたようだ。オリバーは、ブリテイシュ・メディカル・ジャーナルに、モーツアルトがトゥレット症候群だった可能性があるという記事を書いた。僕は、この病気の人は以前考えられていたよりずっと多い、と単純に考えている。僕は、地球のすべての文化の中に、それと同等か、または、それより上位あるいは下位にかはわからないけれど、明らかなトゥレット文化があると確信している。

第十二章 狂気と誇り

個人『差』ということを考えるとき、僕は自分のことを特異だとは思わない。多くの人々が、トゥレット症候群の人たちにみられる特異性より、はるかに大きく正常から逸脱したことをしている。精神病は、その人に幻覚——実際に存在しないことが聞こえたり、見えたりすること——を生じさせる。いったい誰の現実が真実なのだろうか。トゥレット症候群という病気が現実にたいする僕の感覚を変化させる上に、それは、現実そのものをも変えるのだ。すなわち、他人の僕にたいする反応、および、僕の他人にたいする反応が変わるのだ。なぜ、ある人は『気ちがい』と呼ばれ、またある人は、『神経の病気』と呼ばれるのだろう。たぶん僕も『気ちがい』の一人だったのだろう。僕は、自分が彼らの世界に関わることによって、自分の真の姿をみることができるのだろう。

コブルストーン・ロードは、ニューヨークのローアー・イースト・サイドにある建物で、隣の地区とはいえ、めまぐるしく変化する経済の中心地からかなり離れたところにあった。一九〇〇年代の初期には、コブルストーンは病院だった。その頃結核が蔓延していた。結核菌は建物の隅に『生きている』と考えられていた。そこで、菌が繁殖しないように、その病院は湾岸に沿って、建物は、二つの部分に分けておのおの半円状に建てられていた。トゥレット症候群やほかの多くの病気もそうだったように、迷信や誤った情報がたくさんあった。僕は精神病のホームレスのために働こうと、レンガと石で作られたこの歴史的建物に来た。コブルストーン・ロードを運営する非営利団体であるコミュニティー・アクセスは、低収入の精神病の既往をもつホームレスの男女に住居、食料、職業訓練、福祉サービスを提供する組織だった。その組織はコブルストーンのような集合住宅の施設をたくさんもっていたが、その中でも、コブルストーンはユニークなものだった。入居者が永住できる自給自足の共同体だった。この実施計画の基礎には、ニューヨーク市に住むことを希望する全ての人々にたいして、あらゆる法的特権と責任のもとに住居を貸与するという考えがある。コブルストーンには、台所、食堂、事務所、レクリエーション・センター、そして百を越える居室があった。そこでは、法律さえ破らなければ、あらゆる種類の困難から生還した人々が、家を失ったり自分の生活様式を侵害されるという恐れを持たずに生活できるという理想を実現している。

一九九四年、スザンナと別れた後、僕は一文無しで必死に仕事を探していた。どういう仕事でもよかった。再び、マリファナをやめる気持ちもあった。コミュニティー・アクセスで働いていた友人が、コブルストーン・ロードが改築され、二年後に新しい施設が再開されると教えてくれた。僕は履歴書を送り、面接を希望して電話をかけた。数週間に三回面接をした。最後の面接は、新しく雇われることになっているほかのスタッフと会うことだった。僕は『ドリーム・チーム』と呼ばれるこの社会活動に溶け込んでいった。

僕に与えられた役割はレクリエーション・セラピストだった。僕は雇われることにわくわくしていたが、同時にこのむずかしい問題をもった人たちと働くことを少なからず心配していた。郊外の住宅地域で、問題児や知的障害者と働いた経験があった。コブルストーンは、エイズ、売春、窃盗、薬物中毒、暴力といった都市が抱えるあらゆる問題を持っていた。面接の時、僕はそこのスタッフに加えて、コミュニティー・アクセスのコブルストーン以外のところに住んでいる入居者とも話すことを求められた。ある時僕は、スタッフに、ここで働いていて今までに暴力を受けたことがあるかどうかを聞いた。

「そんなことはほとんどありません。たいていの人たちは普通……」と若い女性スタッフが話していたそのとき、太った女性が「殺してやる。ぶっ倒してやる」と叫びながら、閉められていたドアを叩き壊した。そして、僕の質問に答えている女性の首を両手でしめた。その騒ぎが収まった後、僕たちは、この出来事の皮肉なタイミングを笑って、その場の緊張を和らげた。

さまざまな不安にもかかわらず、僕はこの仕事に興味をそそられていた。ここの運営方法とスタッフは、真摯でプロ意識を感じさせた。コブルストーンの新しいプログラムの責任者であるゴードンホウフは、五十代で、白髪混じりの髪をポニーテールにした、低く荘厳な声の持ち主だった。彼は文学博士号を持っていた。けれど、研究的、理論的な生活を捨て、福祉や困っている人々の生活や生き方を変えることに情熱を注いでいた。彼は、電子メールや、毎週行なわれるスタッフ間の『チームミーティング』を通して、コブルストーンのあらゆる面を管理していた。スタッフは友好的で、入居者同様互いに助け合うことに関心があるように見えた。僕は、僕より先にそこで働いていた人たちに好感をもっていたので、そこで仕事をすることに決めた。僕の仕事は、演劇、スポーツ、ボードゲーム、カード、会食、芸術、オペラそして『ソワレイ』と呼ばれる毎週金曜日の夜に行なわれるパーティーといった、いくつかの特別行事を企画、実行することだった。僕は、多くの入居者が入る前にコブルストーンで働きはじめた。コミュニティー・アクセスのサービスを受ける人たちの多くは、僕と同様薬物中毒の経験者だった。自分がこのような環境下で麻薬を吸いつづけるのは不適切だと思った。そして、その頃やっていた『コールド・ターキー』というマリファナをやめた。それから二年半、僕はコブルストーン・ロードの仕事に没頭した。

僕が会った最初の一人は、エンジェルと呼ばれるケースマネジャーだった。ケースマネジャーは、公共料金の支払いであれ、カウンセリングを必要とする個人的問題であれ、彼らの生活のさまざまな面から入居者を支援するのである。しかも、これらのサービスは、入居者から依頼されたときにだけ提供されるのだった。エンジェルが手を差し伸べながら挨拶したとき、僕は、彼にトゥレット的な動きで手を差し出し、「ロウェルといいます。ここで働かせていただきたいと思っています」と音声チック混じりに言った。

エンジェルは、僕のトゥレット的な動きに関心があるように見えた。僕はそれを説明しようとした。

「何て言いました？　あなたは『けいれん』症候群をもってるんですか？」と彼は聞いた。僕は「違います。トゥレット症候群なんです」と言った。僕が与えた情報は、彼には理解できない様子だった。二人は苦笑いした。その時、僕はトゥレット協会の会議でズールー族の祈祷師が使った『Indiki（けいれん病）』という言葉を思い出した。

エンジェルは、がっちりとした体格で、丸顔で親しみやすい顔つきをしていた。彼の家族は、プエルトリコからニューヨークに来て、僕のアパートから近いローアー・イースト・サイドに住んでいた。彼の陽気さは、打ちひしがれた入居者が心のよりどころを求めてスタッフの部屋を訪れたときにも、失われなかった。そんな入居者の一人はルーだった。彼は三十代で、大きな体をしていた。だぶだぶの服と背中に愉快な言葉をプリントしたTシャツを着ていた。強迫性障害を含む多くの問題を抱えていた。つまはじきにされたことを冗談に託して、しばしばスタッフのところにやってきた。

「俺はゲイの反対、鬱だよ。俺は、どうしようもない、つまらないことのために鬱になってるんだ」とルーはよく言っていた。それに対してエンジェルは、「近ごろ皆さんいろいろとご活躍のようですな」とからかい半分で応じていたものだ。

このような冗談は彼と僕とが毎週金曜日の夜に開催する『ソワレイ』のとき頻繁に飛び交った。長い一週間の仕事を終えて、多くのスタッフが帰宅の支度をしているとき、彼と僕は、ポテトチップ、ディップ、ソーダ、オードブルをにぎやかなソワレイのために準備した。ルーはしだいに、前参謀総長のアレキサンダー・ヘイグ、ＣＩＡ（米国中央情報局）、イスラエル情報部に強迫的に固執するようになった。

「アレキサンダー閣下」と、ルーはナチスタイルで挨拶するように言い、両足の踵をカチンと合わせた。

ルーはさらに「アレキサンダー・ヘイグは、ファシストだと思いますか、それともただの保守主義者だと思いますか？　わからない、そう、ぜんぜんわからないでしょう。彼は女が好きか、それとも男が好きか、わかりますか？　そのたぐいの人のことはわからないでしょう――私が何を言おうとしているのかわかりますか？　彼は少し変わっていたのだと思います。彼は麻薬をやっていたと思いますか？　私は、いろんなやばい薬、マリファナ、ヘロイン、コカイン、ＬＳＤ（幻覚誘発薬の一種）、ニュートラ・スウィート（人工甘味料の一種）をやっていました」と続けた。

ソワレイをほとんど休まなかった住人は、バーバラとアーウィンの二人だった。彼らはコブルストーンに三年前から住んでいるカップルだった。バーバラには、強迫性障害と統合失調症があり、その悩みを雑談的、自嘲的に話したものだった。

「アーウィンがテーブルに座ってコーヒーを飲んでいるとき、私は床にモップをかけるの」彼女は僕に話した。「床を見ながら『もう一度モップをかけようか？　そこがまだ汚いようだから』と聞くの。そして、アーウィンがそこを離れるのを待って、また、繰り返しモップをかけるの。気になって、テーブルの縁には物を置けないの。寝る前にドアをチェックし、いったん横になったあともう一度戻って、戸締りをチェックするの。それは苦痛だわ。でもそうしなければならないの、そうしないと私の気持ちが落ち着かないの。プロザックがなければ、私は狂っていたわ。今の私があるのは、プロザックのおかげよ」

「私には別の精神病の既往もあるの」彼女は説明した。「パラノイド統合失調症と診断されたわ。でも、私は手に職を持ってるの。ワープロよ。医療タイプや速記ができるの。コンピューター室で習ってるのよ。コンピューターとタイプが好きなの」アーウィンがやってきて彼女の隣に座ったとき、彼女は、コブルストーンに来た経緯を話した。

「私はホームレスなので、二年間シェルターで生活をしていたの。そして、強盗に遭った。その上、付き合っていた男からエイズをうつされた。はじめから、彼にコンドームをつけるように頼んだ、いつも頼んでいたわ。すると彼は、『きみは何か病気を持ってるの？』と聞いたの。私は『いいえ、何も』と言ったわ。二カ月後、私たちの関係をどうするのかを話し合ったとき、彼は私に、自分がエイズにかかっていると正直に告白したの。彼は初めからそれを知っていたのよ。今では、そのために刑務所行きになることだってあるんだから、拘留してもらうことだってできたのに。私は彼がエイズだなんて考えてもいなかった。本当に傷ついたわ。車に飛びこみたかった。エイズを持った状態で十年も十五年も生きてる人たちのことを聞いたの。新薬があるということも。私の白血球はかなり多いのよ。恐ろしい。ほんとうに恐ろしいことだわ」

コブルストーンに来て、アーウィンはバーバラと会った。彼は、「彼女がそんな男との出会い話をしたとき、胃が痛くなりました。それを感情的に処理できなかったんです。そんな男のことは、どう考えても受け入れがたいことでした」と言った。

彼は、「シェルターに入るまで働いていました。私が事故——軽い脳卒中。私は自分の言葉を失った——にあうまで、みんな幸福でした。私は病気のある女性と結婚していました。彼女はパーキンソン病だったんです。私の娘は拒食症と強迫性障害を持っていました。たぶん、一過性の気分障害もあったと思います。その上、娘は統合失調症——そんなことはありえないが——だと診断されたんです。彼女は、『食べるな、食べるな』という声を聞きました。拒食症の者はみんなその声を聞くんです。統合失調症は第二染色体とドーパミンの異常に関係した不思議な病気です。私はインターネットでそれについて多くのことを学びました。あなたの病気のトゥレット症候群も学びました」と続けた。

「私は、軽い脳卒中を患ったので、仕事を辞めなければなりませんでした。そして、ついにシェルターに入ったんです」と彼は言った。

「シェルターにはプライバシーがないのよね」とバーバラが言った。「ここコブルストーンで得られるようなプライバシーや自由がないの。私がここに来て最初にしたのは、泣くことだったわ。それはちょうど、自分の小さな人形の家のようだった。でもそれは、まさしく私のものだったの。二度とホームレスにはなりたくないと思ったわ」と彼女は言った。

ある日、僕が事務所で働いていると、ベルビューの精神病院からルーが電話をかけてきた。彼は、数日前から、継続的に堪えがたいいやな考えが頭に浮かんできたので、自主入院したのだった。

「元気かい、ルー？」と僕はとっさに聞いた。

「アレキサンダー閣下！」とルーは答えた。僕には彼のあの懐かしい挨拶のしぐさが頭に浮かんできた。「あまりよくないよ」と彼は悲しそうに答えた。

コブルストーンでの僕のボスはテレサだった。彼女は他人にたいする態度や仕事振りがまじめなだけでなく、ユーモアのセンスもある女性だった。彼女はここで、多くのケースマネジャーを監督していた。そして、しばしばスタッフと入居者との緩衝剤の役割をしていた。彼女は対立状態を緩和するすばらしい潜在能力を持っていた。以前、二メートル近い元暴力団員の男が、怒って暴力を振るおうとした。けれどテレサはカウンセリングで彼をなだめ、落ち着かせた。彼女はまた、入院の必要がある入居者に付き添って、救急車にも乗った。ホームレスを支援する社会サービス機構に属し、ニューヨークの様々な場所で働いてきた。両親は、プエルトリコからこの国に来て、スペインハーレムに住み、新しい言葉や貧困と戦った。彼女はそこで育った。何年も一生懸命働いた。そして、この国の少数派の一人として、大きな障害を乗り越えてきた。最近、彼女はソーシャル・ワークの修士号を取った。彼女に入居者が僕のことをどのように思っているのか聞いた。

「あなたと働くのは、とても楽しいわ」彼女は話し始めた。「私は、前からあなたの病気のことを聞いてたわ。でも、あなたがみんなと働くのをみて、初めてあなたの実情がわかったわ。私はここに来て、あれこれ自分の生活についての不平を言う。あなたは、私にトゥレット症候群を抱えての毎日の生活体験を話してくれる。今では入居者たちは『それがロウェルらしさなんだよ』と言ってるわ。最初彼らは、あなたがかなり奇妙だと思ってたみたいだけど、入居者との関係を良くしたのは、あなたが正直に病気のことをすべて話してくれたからよ。あなたのユーモアもずいぶん役立ったわ。私は、完全にあなたの立場にはなれないけど、ある程度は理解できるわ」

コブルストーンで、僕は、あらゆる種類の問題を抱えたさまざまな背景の人たちがいることを知った。ときどき、緊張する場面もあった。でも、僕たちができる方法で互いに協調しようとした。

僕はまた、テレサからソーシャル・ワークと励ましの意味を学んだ。ソーシャル・ワーカーは、共和党議員によって使われる罵りの言葉ではなかった。それは、知識と情熱を持ち、過剰な労働と極端な低賃金で働く人々によってなされる非常な忍耐と技術とを伴う名誉な仕事である。ソーシャル・ワークは、人々に、世の中に貢献するにはどうしたらいいかを指導することである。ソーシャル・ワーカーとしての僕たちの仕事は、そうした気持ちの変化をもたらすことである。そして、その変化は現実的なものでなければならない。

僕がよく話をした入居者の一人は、ラルフだった。彼は、ローアー・イースト・サイドで育った。そして、何年もコミュニティー・アクセスの世話になっていた。三十代後半の髭面の男で、いつもコーヒーカップを手にしていた。彼は、いつもゆったりとしていてまじめだった。彼の学識のある言葉は、流暢に話された。しかも、確信に満ちていた。彼は、薬物――コカイン、アルコール――依存症と戦っていた。そして、いつも挫折していた。

彼は、一九八八年のトンプキンス・スクエア・パークで起こった暴動のとき、そこのベンチで生活していた。アナキストやスキンヘッドは、彼らの怒りをホームレスに向け、彼は争いに巻きこまれた。

公園にはプライバシーがなかった。ときどき、彼は友人の家に行き、シャワーを遣わせてもらった。二番街のクリニックの階段で一人の婦人が、コミュニティー・アクセスの案内状を手渡した。

彼は案内状に書いてある場所に行った。そこの部屋に数時間寝かせてもらった。そして、彼は、そこに入居するための情報を手に入れた。その後しばらくはシェルターに、四カ月間は精神病院に、その後、救世軍に、それから、コミュニティー・アクセスが運営するリビー・ハウスと呼ばれる住居の最初の住人となった。彼は、そこで再び、生活の基本、シャワーの浴び方、薬の飲み方を学んだ。高卒の資格を取るために勉強もし、数学でよい成績をおさめた。生活訓練指導者養成プログラムの入門コースをとり、インターンとして働き始めた。

彼は、ＭＩＣＡ（薬物中毒を伴った精神障害）の人たちにたいする『二重障害』と呼ばれるコミュニティー・アクセスの行なっている回復プログラムに参加した。今でもまだ、このプログラムに参加している。けれど彼は、麻薬を五年三カ月やっていないと言っていた。「私は、自分がどこへ行こうとしているのか知っている」彼は今語る。「私は、どこから来て、なにが自分を助けてくれたのか知っている。それは、私の命を救ってくれたんだ」

彼に僕と働いていることをどのように感じるか、また、僕のトゥレット症候群が彼にどんな影響を与えているかを聞いた。「あなたは、ここに来て働き、人々を助けたんです」彼は簡単に答えた。「最初私には、あなたが人に繰り返し触る行為を理解できなかったんです。でも、それが誰をも傷つけるものでないことがわかり、そんなに気にならなくなりました。私は本来、人に触られるのが嫌いな人間なんです。でも、今は治療を受けて、そういうことに対処できるようになりました。私はここであなたと一緒に生活することを楽しんでますよ」

エンジェルと僕は、金曜日の夜の『ソワレイ』をほぼ三年間続けた。バーバラが『間抜けなソワレイ』と名づけた恒例行事となっていた。彼は、僕へのいい意味での揶揄を決してやめなかった。「ロウェル、私のすばらしいアイデアを紹介させてくれたまえ。たとえば、君の両手をゴムバンドで腰に結ぶんだ、すると、君が人に触れようと手を伸ばすと、ゴムの力で手がもとに戻ってしまうのさ。あるいは、いつも手に名刺を持っているんだ、すると人に触るたびに、自分の宣伝ができるのさ」彼はまた、僕の失敗談を入居者に喜んで話したものだった。

「あるときタクシーに飛び乗ったら、運転手が汚いものでも振り払うかのように『触るな』って叫んだんだ。また、ときどき、ロウェルの大声で道路の歩行者が六メートルも空中に飛び上がってしまうんだ。彼らは本当にびっくり仰天さ。あるとき地下鉄で、僕は、ロウェルが他人の『あそこ』を小突こうとしているのかと思ったよ。でも、そういうことでなにか気まずいことが起こったら、どう対処すべきかは身につけてるんだよ、彼は。実際、日々の生活の中でうまく処理していろからね」彼は、僕が『トゥレット症候群』を持っていることを話しつづけた。そんな話のあとで僕は、彼が僕の気の合った数少ない仲間の一人だ、とみんなに紹介した。彼は、僕に、自分の家族のことを話し始めた。「ローアー・イースト・サイドは、私が知っている唯一の地域だ。私はそこを離れたことがない。ある日一人の若者が、片手にバットを、もう一方の手に袋を持って、私の母に近づいた。彼はホームレスで自分の全財産と一緒に移動していた。私の母は、彼の顔をタオルでふき、きれいにしてやった。彼は、悲しそうに、歩いてその場を去った。彼は、一週間救世軍ですごし、ふたたび戻って来た。薬物やアルコール依存症の治療を受け、新たな決意のもとに、母に礼を言うだけのために衣服を整えてやってきた。あまりの変貌ぶりに、最初、母は彼だということがわからなかった。彼が他人と話したのは、九年ぶりだった。彼の名前はロバートといった。彼は、FDRドライブ（ハイウェイの名称）の下の簡易テントに住んでいた。私は、ハリケーンの中を彼にステーキや豆や米を運んだ。彼は私を『ボス』と呼んだ。彼は、『どうして俺が殺し屋じゃないとわかるんだい。俺はそのへんのハトよりノミだらけなんだぞ』と言った。これまで、彼にそんなことをしてくれる者は誰もいなかった。その時から、彼はいつも私たち家族と一緒だった。それは母が亡くなってからも続いた」

「私の母の兄弟が十七歳の時、統合失調症と診断された。彼は電気ショック治療を受けた。彼は、九歳の心のまま、五十四歳で死んだ。私は子どもの頃、奇妙な、あるいは一般社会から疎外された人々のことを考えた。精神病と呼ばれるものの実体を知らなかった。私のおじには幻覚があった。当時（一九七〇年代）、ストリートギャングと呼ばれる連中がいた。おじが見たのは、バンダナをつけ、マチェーテ（中南米で用いるなた）を持った男が狂うという幻覚だった」

「両親は死んだ。私は、兄がエイズの長期生存者だったので、人工呼吸器から離脱させるための世話をしなければならなかった。人々は私に、『大変ねえ』と言う。でも私は、それを自分の財産だと考えたいんだ。ユーモアが人に笑いを誘う。人生は厳しい。だから、いつも何かに笑いを求めるのがいい。それがいろいろな意味で自分を強くしていると感じる。だって、人は誰だって、どんなにつらいことがあっても自分の人生と共に歩いていかなければならないんだから。善人は、自らの過ちから学び、賢人は、他人の過ちから学ぶんだ」

コブルストーン・ロードは、僕に生きるための息吹を与えてくれた。僕が携わり、世話をした人々は、ここに出入りするだけでなく、今も、この社会を一人で歩いているのだ。僕たちが堪えられる困難の限界は計り知れないものだ。僕は、ここの入居者の孤独や忍耐に、関わってきた。彼らは僕と同じ道を歩いて来た。その道は、時の経過とともに、はっきりと見えてくるものだ。彼らのさまざまな経験に耳を傾けることが、僕を強くした。

エンジェルは僕に、フランスの哲学者の言葉を引用しながら言った。「『聞いたものは忘れがちだ。見たものは思い出すことがある。そして、体験したものは自分のものになりやすい』これは、チック症やトゥレット症候群でも同じだよ。それは受容ということだ。私はきみのトゥレット症候群を通して、チック症以上のことを学んだよ」

「単に診断されたものとされてないものがいるだけだよ」とラルフは言う。彼はコブルストーンでコンピューターをやっている。そこでは、仲間同士で電子メール会議をしている。コミュニティー・アクセスのサービスを受けている人たちは、現在、『コンシューマー（顧客）』と呼ばれている。そして、ケースマネジャーという名称は、サービスコーディネーターに変わった。なぜなら、人は『ケース（症例）』ではないからである。コンピューターのスクリーン上で、顧客たちは、互いに『狂気と誇り』という題名の議論をする。僕は彼らの一員になったことを誇りに思っている。
たぶん、それは適応というものだろう。この世では僕たちはみんなお互いさまだ。そして、僕たちは、みんな違っているが、人間性によって結ばれている。エンジェルの声が僕の心にこだました。『チック症でも同じだよ』僕は自分の二、三年前のことを考えた。エバンおよび彼の病気との戦い、オリバーや僕が会ったトゥレット症候群の人々との友情、スザンナと以前共有し、今や過去のものとなった愛。すばらしいのは、僕たちの特異性ではなく、僕たちが築く友情である。

三番街は、明るく、日当たりは良かったが、寒かった。空き家になった建物があり、ホームレスが徘徊するといったこの地域でさえ、希望に満ちているように見えた。自分の吐く息が白く見えた。僕は、エンジェルのアパートを出るとき、トゥレット的に叫んだ。通りで、途方に暮れた婦人が、大声をあげた僕のことを何か言っていた。僕は、たった今エンジェルが僕に語ってくれたこと、彼が経験した辛い過去のことを考えていた。僕の左手には、以前、スザンナがくれた小さなテープレコーダーが、しっかりと握られていた。僕は自分の結婚のことを考えた。日々は、時々刻々、めまぐるしく変化する。僕の思いは、十年前に骨髄移植をしたエバンへと移った。こんなにも長く病魔と戦うことができるなんて、なんと強い生命力をもっているんだろう。

先ほどの婦人が近づいて来た。その時、僕は彼女が独り言を言っているのに気づいた。しばらく、彼女は僕が出す音の真似をしていた。「犬のように吠えてるわね」と彼女が言うのが聞こえた。僕はその脇を、顔を真っ直ぐ前に向けて通りすぎた。

付録

トゥレット症候群に関する質問と回答

（よく聞かれる質問）

●トゥレット症候群とはどんな病気ですか？

運動および音声チック（非意図的に突然出現し、反復する素早く不規則な動きや音声）を主症状とする神経の病気です。

●最も多くみられる症状にはどんなものがありますか？

症状の頻度・程度・出現部位などはときどき変化します。すなわち、時には数週間あるいは数カ月にわたって消えてしまうことさえあります。

運動チックとしては、まばたき、首振り、顔しかめ、肩をピクピクさせるなどが、また、音声チックとしては、のど鳴らし、鼻鳴らし、舌打ち、叫び声などがよくみられます。

●トゥレット症候群という名前はどうして付いたのですか？

この病気の最初の例が一八二五年に、フランスの神経科医であるジョルジュ・ジル・ド・ラ・トゥレット博士により報告されました。この病名は、彼の名前にちなんで付けられました。

●この病気の原因は何ですか？

詳細はまだわかっていません。しかし、現在までの研究では、脳の神経伝達物質の一つであるドーパミンの代謝異常が関係していると考えられています。

●患者数はどれほどですか？

トゥレット症候群は診断されていないことが多いので、正確な数は不明ですが、米国での調査では、約二〇万人とされています。この病気は、あらゆる人種にみられます。

●遺伝しますか？

家族性に出現する傾向があるといわれていますが、まだ確実な原因遺伝子は同定されていません。男性が女性にくらべ三～四倍多くみられます。

●汚言症は典型的な症状ですか？

必ずしもそうではありません。卑猥な言葉や差別的な言葉を叫んだり、口をついて出てしまうこと（汚言症）は、この病気の患者の約一五％にみられるにすぎません。汚言症の有無がこの病気の診断を確定するために必要だと考えている人がいますが、そのようなことはありません。

●汚言の内容はその人の本心を現しているのですか？

そんなことはありません。むしろ日ごろ考えたり言ってはいけないと思っていることが、口をついて出てしまうのです。

●診断はどのようにされるのですか？

発症からの経過や現在の症状をみて診断されます。血液検査やレントゲン検査のようないわゆる医学的検査はあまり役に立ちません。初発症状は普通五歳から十八歳の間にみられます。

●治療はどのようにされるのですか？

治療が必要な場合には、薬を使うことによって、症状を軽くすることができます。ハロペリドール、クロニジン、ピモジドなどの薬がよく使われます。

●症状は自然軽快しますか？

多くの人は、成人になると症状が軽快します。

●特別な支援教育が必要ですか？

たいてい知能指数は正常範囲にあります。しかし、チックを抑えることに終始しなければならなかったり、注意欠陥、学習障害などのために特別な教育支援が必要になることがあります。実際には、読み書きにテープレコーダー、タイプライター、コンピューターの使用や保健室での個別指導などがあります。また、個別教育指導計画（ＩＥＰ）の利用が必要になることもあります。

●予後はどうですか？

大抵、ほぼ普通の生活がおくれます。いろいろな問題はありますが、外科医、精神科医、教師、プロスポーツ選手として、社会で活躍している人たちもいます。

●米国トゥレット協会とはどんな組織ですか？

この病気の原因、治療、障害の調査・研究に貢献する唯一の非営利団体です。このような調査・研究、社会・専門家教育および当事者・家族支援はすべてボランティア活動によって支えられてきました。

（米国トゥレット協会の許可のもとに掲載しています）

訳者あとがき

皆さんはトゥレット症候群という病気をお聞きになったことがあるでしょうか？

トゥレット症候群は、多彩な運動チックと音声チックとを主症状とする小児期に発症する神経の病気です。

チックとは、突然出現し、反復する不規則な素早い筋肉の収縮です。運動チックには、まばたき、顔しかめ、首振り、肩をピクピクさせる、パンチ、キック、ジャンプといった単純なものから、例えば、あごに触ってから、胸にさわり、肩をすくめるといった、連続した動きの反復のような複雑なものまであります。音声チックには、咳払い、のど鳴らし、鼻鳴らし、叫び声といった単純なものから、他人や自分の言葉尻の反復、卑猥あるいは不謹慎な言葉が口をついて出てしまうといった複雑なものまであります。

また、トゥレット症候群には、高頻度で様々な併発症が存在します。主なものには、強迫性障害、注意欠陥・多動性障害、学習障害、睡眠障害、気分障害、不安障害などがあります。

トゥレット症候群の患者は、主症状であるチックと併発症のために、家庭・学校・職場での生活に日々苦しんでいます。

日本での正確な調査結果はありませんが、米国でのそれから推計すると、日本には、約一二万人から六〇万人の患者がいることになります。

私がトゥレット症候群に出会ったのは、今から十数年前でした。小学校の低学年だった我が子に運動チックがでてきたのです。当時正確な知識がなかった私は、それがストレスからくる一時的なものだと考えていました。しかし、運動チックは治まるどころか年を経るごとに多彩さを増し、音声チックさえ出てきたのです。それから、我が子いや我が家とトゥレット症候群との闘いが始まりました。日本にはこの病気の資料がほとんどないことを知った私は、その頃流行り始めたインターネットを利用して、米国トゥレット協会のホームページから多くの情報を得ました。そんな情報の中に、『Twitch and Shout』というビデオが制作されたというものがありました。その後、この本の原著『Twitch and Shout — A Touretter's Tale —』が出版され、さらに米国トゥレット協会のニュース・レターにロウェル・ハンドラー氏のインタビュー記事が掲載されました。ちょうどその時、我が家はトゥレット症候群との闘いの真っ最中で、私は家族だけでの対応に限界を感じていました。この病気の存在・実態を同じような仲間、いや社会の多くの人たちにも知っていただき、社会全体で対応できるような態勢をつくりたいと思っていました。そんな思いの中で、私はこの本を手に入れました。そして、それを繰り返して読む度に、胸が熱くなるのを禁じ得ませんでした。これを翻訳して、一人でも多くの方々にトゥレット症候群のことを少しでも理解してもらおう、そんな気持ちが湧いてきました。仕事の合間をみての翻訳作業が始まりました。そして、トゥレット症候群の子どもの親である私は、いつの間にかトゥレット症候群の当事者であるロウェル・ハンドラー氏の心の叫びを自分のそれに重ねて作業しているのに気づいたのです。彼は、この本の原著『Twitch and Shout—A Touretter's Tale—』を出版するのに、十年かかったと書いています。ずぶの素人の私が「一人でも多くの方々に、この病気の存在と実態を知っていただきたい」、この一念で始めた作業も五年になろうとしています。その間に、トゥレット症候群のホームページ(http://www.dab.hi-ho.ne.jp/fushicho-21c)を立ち上げました。そして、現在までに、延べ約一六万人の方々にご覧いただいています。平成十三年四月には、患者・家族・支援者を中心に、情報交換と専門家とのネットワーク作りを通して、トゥレット症候群の人たちに住みよい環境をつくることを目標に「日本トゥレット（チック）協会」も立ち上げました。現在、北は北海道から南は九州まで、約二百人が会員として参加しています。

日本における、トゥレット症候群の啓蒙活動はまだ始まったばかりです。医療・教育・福祉をはじめとする各分野に問題は山積しています。私たちは歩みを止めるわけにはいきません。

この本は、前にも述べましたように、翻訳に関して素人の私が、仕事の合間をみての作業だったので、出来上がるまでに思わぬ時間がかかってしまいました。また、一部に言葉足らずな部分があるかもしれません。しかし、この病気の当事者であるロウェル・ハンドラー氏とこの病気の患者の家族である私との共同作業によって、彼からのメッセージの核心は盛り込めたものと信じています。私は、この本を通して、トゥレット症候群の人たちの想いを少しでも読者の皆様にお伝えできれば、幸いだと思っています。

最後に、この本の翻訳・出版にあたり、適切な助言をいただきました協会々員の皆様、並びに、このような機会をお与えいただき、丁寧に指導してくださいました星和書店の皆様に心からお礼を申し上げます。

平成十四年　秋

髙木道人

訳者紹介

髙木道人（たかぎ みちと）

外科医.
2001年4月「日本トゥレット（チック）協会」設立，代表.

著書に，
「トゥレット症候群（チック）―脳と心と発達を解くひとつの鍵―」（共編著，星和書店），「みんなで学ぶトゥレット症候群」（共訳，星和書店）などがある.

日本トゥレット（チック）協会（TSAJ）
TEL/FAX: 042-325-4785
E-mail: fushicho-21c@dab.hi-ho.ne.jp
URL: http://www.dab.hi-ho.ne.jp/fushicho-21c

トゥレット症候群を生きる―止めどなき衝動―

2003年3月1日　初版第1刷発行

著　者　ロウェル・ハンドラー
訳　者　髙　木　道　人
発行者　石　澤　雄　司
発行所　株式会社星　和　書　店
東京都杉並区上高井戸1-2-5
電話　03(3329)0031（営業部）／(3329)0033（編集部）
FAX　03(5374)7186

　Printed in Japan　ISBN4-7911-0494-3